내 인생인데,
왜 눈치만 보고 살았을까?

내 인생인데, 왜 눈치만 보고 살았을까?

ⓒ 이미진, 2025

초판 1쇄 발행 2025년 12월 15일

지은이   이미진
펴낸이   이기봉
편집   좋은땅 편집팀
펴낸곳   도서출판 좋은땅
주소   서울특별시 마포구 양화로12길 26 지월드빌딩 (서교동 395-7)
전화   02)374-8616~7
팩스   02)374-8614
이메일   gworldbook@naver.com
홈페이지 www.g-world.co.kr

ISBN   979-11-388-5104-6 (03810)

내 인생인데,

왜 눈치만 보고 살았을까?

글 이미진

좋은땅

- 이 책은 저자의 상담 경험과 지식을 바탕으로 쓰였습니다.
- 이해를 돕기 위해 모두 재구성하였으며, 등장하는 인물과 상황은 특정 개인 또는 실제 사례와 무관함을 밝힙니다.

시작하며

노인 심리상담사로 활동하며 현장에서 마주한 현실이 있었습니다.
우리 사회는 초고령화로 빠르게 변화하고 있지만, 정작 어르신들이 마음을 편히 털어놓을 수 있는 전문 노인 심리상담 기관은 턱없이 부족합니다.

많은 분이 몸이 아파 병원에는 가지만, 마음이 아플 땐 어디로 가야 할지 몰라 망설이십니다.
혼자 속으로만 삭이다가, 가족에게조차 말을 못 하고 지내시는 어르신들이 너무 많습니다.

상담실에서 자주 듣는 말이 있습니다.
"상담을 받고 싶은데, 비용이 너무 부담스러워요."

그럴 때마다 안타까웠습니다.
마음이 힘든데 경제적 부담까지 더해지는 게 얼마나 무거
운지 알기에.

그분들의 이야기를 가까이에서 들으며 생각했습니다.
상담실 문을 두드리지 못한 어르신들께,
노년의 부모님을 걱정하며 어떻게 해 드려야 할지
막막한 자식들에게,
'나만 그런 게 아니었구나' 하는 위로를 전하고 싶다고.

그래서 이 책을 썼습니다.
이 책이 '마음의 상담실'이 되어 주기를 바라며,
우리 삶에서 누구에게나 일어날 법한 이야기들을
상담실의 따뜻한 시선으로 풀어내며 노년기 마음의 회복
을 진솔하게 담았습니다.

이 책이 어르신들께는 자신을 이해하고 위로받는 시간이,
가족과 실무자들에게는 어르신들의 마음을 조금 더 깊이
이해하는 길잡이가 되었으면 합니다.

이번에 첫 번째 책인,
『착하게 사는 게 뭐가 그리 중요하노?』의 개정판도
다시 출간되었습니다.
핵심을 중심으로 글을 새로 다듬었고, 편안하게 읽으실 수
있도록 구성도 다시 정리했습니다.

첫 책이 '착함의 패턴'에 대해 다뤘다면, 이번 책은 '눈치의
패턴'에 대해 다룹니다.

이 두 권의 책은, 결국 같은 메시지를 전합니다.
"이제는 당신을 위해서 살아도 괜찮다."라는 것.

함께 읽으신다면, 더 깊이 위로받고
조금 더 용기를 내실 수 있을 거예요.

이 책을 통해
당신의 마음이 조금이라도 가벼워지기를 소망하며….

프롤로그

내 인생인데, 왜 눈치만 보고 살았을까?

"선생님, 나는 평생 착하게 살았습니다."

70대 중반의 여성 어르신이 하신 첫 마디였다.
"남한테 피해 준 적도 없고, 자식들 잘 키웠고, 남편 뒷바라지도 잘했습니다. 시어머니 모실 때도 한 번도 큰소리 낸 적 없고, 동서들하고도 늘 좋게 좋게 지냈어요."
그러더니 잠시 침묵하셨다. 그리고 조용히 물으셨다.

"그런데… 왜 이렇게 외롭습니까?"

잘못한 것은 없으셨다.
정말 착하게, 성실하게, 희생하며 사셨다.
문제는 그것이었다. 너무 착하게만 사셨다는 것.

"우리 애들은 가끔 집에 와서 밥만 먹고는 금방 일어나 버려요. 남편하고는 각방을 쓴 지 몇 년 됐는데, 이제는 할 말도 없어요. 내가 뭘 잘못한 걸까요?"

노인 심리상담을 하면서 이런 분들을 많이 만난다.

겉으로는 문제없는, 평생 성실하게 살아온 분들.
그런데 다들 비슷한 고민을 안고 오신다.

어떤 60대 후반 어르신은 이렇게 말씀하셨다.
"평생 '엄마는 괜찮아', 이 말만 했어요. 그런데 요즘엔 애들이 더 이상 묻지도 않아요. 이제는 정말 괜찮지 않은데, 말하면 아무도 귀담아듣질 않아요."

다른 70대 부부는 이렇게 말씀하셨다.
"저희는 50년 넘게 단 한 번도 싸운 적이 없습니다. 그런데 요즘 서로 말을 안 하게 됐어요.
'밥 먹어요.', '나갑니다.' 그게 전부예요. 같이 있어도 이제는 어색해요."

이 책을 펼쳐 든 당신도, 혹시 이런 질문을 해 본 적이 있는가?

'나는 평생 이렇게 열심히 살았는데, 왜 행복하지 않을까?'
'자식들을 위해 모든 것을 바쳤는데, 왜 점점 멀어지는 걸까?'
'배우자와 수십 년을 함께 살았는데, 왜 이렇게 낯설까?'
'착하게 산 것이 잘못인가?'

우리는 '좋은 사람'이 되기 위해 평생을 애썼다.
화를 내면 안 되고, 불평하면 안 되고, 자기 욕심을 부리면 안 된다고 배웠다.
특히 여자는, 엄마는, 어른은 더더욱 그래야 한다고.

그래서 참았다. 속상해도 웃었고, 서러워도 괜찮다고 했다.
화가 나도 삼켰고, 슬퍼도 혼자 울었다.
그렇게 살다 보니, 이제는 내가 진짜 원하는 게 무엇인지도 모르겠다. 감정이 메말라 버린 것 같다.

이것은 당신만의 문제가 아니다.

그 시대에는 그렇게 살도록 배웠다.
개인보다는 가족을, 나보다는 남을 먼저 생각하라고.
그것이 미덕이라고.
하지만 그 미덕 속에서 우리는 점점 나를 잃어 갔다.

"좋은 게 좋은 것이다."
"참는 것이 이기는 것이다."
"가족을 위해서는 희생해야 한다."
이런 말들이 우리를 지배했다.

그래서 평생 눈치만 보고 맞추며 살았다.
내 감정은 중요하지 않았다.

한 어르신은 이렇게 말씀하셨다.
"평생 내 마음 한 번 속 시원하게 표현을 못 하고 살았네
요. 늘 여기저기 눈치만 보면서 이 마음은 드러내도 되는
것, 이 마음은 숨겨야 하는 것. 그런데 이제는 어떤 마음이
내 마음인지도 모르겠어요."

또 다른 분은 이렇게 고백했다.

"몸만 다치지 않고 심각한 병에만 안 걸리면 된다고 생각했어요. 그런데 이제 보니, 내 마음은 텅 비어 있네요. 왜 그렇게 악착같이 살았는지 모르겠어요."

그리고 이제 중년도 다 흘러가고 노년이 되어서야 우리는 자신에게 묻는다.

'내 인생인데, 왜 눈치만 보고 살았을까?'

이 질문은 원망이 아니다. 후회도 아니다.
이것은 자기 자신을 향한 용기 있는 질문이다.
60년, 70년을 넘게 살아온 사람이 처음으로 나에게 묻는 것.
'나는 누구였을까? 나는 무엇을 원했을까?'

이 책은 남의 마음을 먼저 살피느라 잊어온 '내 마음'을 되찾는 여정을 담고 있다.
• 1부는 어린 시절부터 스며든 눈치의 뿌리를 돌아본다. 부모의 표정 하나에 맞춰 숨을 죽이고, '착한 아이'로 살아야

했던 시간이 어떻게 평생의 감정 습관이 되었는지 살핀다.

- 2부는 부부·부모·자식 관계에서 되풀이되는 눈치의 패턴을 다룬다. 가까운 사람일수록 더 지치게 되는 '과도한 배려'의 심리가 왜 서로를 멀어지게 하는지 그 그림자를 들춘다.
- 3부는 흐트러진 균형을 회복하는 방법을 제시한다. 체면보다 내 마음을 먼저 읽고, 과도한 희생 대신 건강한 경계를 세우며 늦었지만 이제라도 '나답게 사는 법'을 배워 가는 길을 안내한다.

많은 분이 이렇게 말씀하신다.

"이제 와서 뭘 바꿔요? 다 늙었는데."
"평생 이렇게 살았는데, 과연 바꿀 수 있을까요?"

하지만 아니다. 늦은 것이 아니다.

평생 남의 인생을 살았다면, 이제는 내 인생을 살아도 된다.

눈치 보며 맞추고 살았다면, 이제는 내 마음을 보며 살아도 된다.

변화는 거창한 것이 아니다.
오늘 저녁 배우자에게 "당신 오늘 기분이 어땠소?"라고 한 마디 물어보는 것.
자식한테 "오늘 엄마 좀 힘들었어."라며 솔직하게 말하는 것.
그런 작은 것들이 쌓여서, 조금씩 나를 찾아간다.

이 책은 특별한 이론서가 아니라, 우리 삶에서 건져 올린 마음의 이야기들이다.
그들의 여정과 함께하다 보면, 당신 안의 오래된 감정들이 서서히 깨어나 새로운 방향을 보여 줄 것이다.

당신의 인생은 여전히 진행 중이다.
지금부터가 진짜 당신의 '두 번째 봄날'이 될 수 있다.

목차

1부

어릴 적 학습된 눈치의 뿌리

감정은 늦게 도착하지만, 결국 온다

지친 기색이 역력한 여성 어르신이 상담실에 들어섰다. 어깨는 잔뜩 굳어 있었고, 눈빛은 경계와 조심스러움이 얽혀 있었다. 앉자마자 그녀는 짧게 말했다.

"그냥… 괜찮아요."

몇 마디를 건넸지만, 그녀의 대답은 같았다.

"별거 아니에요."
"그냥 그런가 보다 했어요."
"지금은 다 괜찮아요."

그러나 무릎 위에 얹은 양손은 꽉 움켜쥐고 있었고, 말이 아닌 몸이 먼저 감정을 대신하고 있었다.

나는 그녀의 눈빛이 방 안을 이리저리 헤매다, 끝내 내 눈을 피하는 것을 지켜보았다.

어떤 감정은 말이 되지 못하고, 몸에 먼저 깃든다.

존재를 접어야 했던 아이

그녀의 아버지는 집안의 종손이었고, 모두가 아들을 기다리고 있었다. 그런 분위기 속에서 그녀는 딸만 연이은 셋째 딸로 태어났고, 철없던 어린 시절에 무심코 흘린 감정 표현은 곧바로 무서운 질책으로 되돌아왔다.

무엇인가를 갖고 싶다고 말하면 "넌 또 욕심이냐."라는 꾸중이 돌아왔고, 서운함을 내비치면 "눈치도 없고 철도 없다."라며 싸늘한 반응이 이어졌다.

그녀는 배우지 못했다. 내 욕구를 어떻게 다뤄야 하는지를.

그리고 더 깊이 각인되었다. 요구하면 사랑받을 수 없다는 믿음.

그래서 그녀는 요구하지 않는 아이가 되었다.

갖고 싶어도 말하지 않았고, 하고 싶은 일이 생겨도 그 마음을 꺼내지 않았다.

자신의 욕구를 표현하는 것은 부모님에게 귀찮고 부담스러운 짐이 되는 일이라고 믿었기에.

그렇게 그녀는 자신의 존재를 조심스레 접어야 했다.

느끼는 법보다는 견디는 법을 먼저 익혔고, 마음이 답답해도 배가 아픈 척했고, 울고 싶어도 달없이 잠드는 길을 택했다.

"그때 내가 다 표현하고 살았으면, 안 그래도 힘들었던 울엄마가 무너졌을 거예요."

그 말 한마디는 자신의 감정보다 타인의 감정을 우선시하며 살아온 삶의 이력서였다. 그렇게 억눌리고 다듬어진 마음은 70세가 넘도록 한 번도 제 목소리를 낸 적이 없었다.

집 안에서도, 바깥에서도 그녀는 자신의 욕구를 입 밖으로
꺼내지 않았다.
늘 배려했고, 양보했고, 괜찮다고 말했다.

혹시 당신도 그런 적 있지 않은가.
무언가 말하고 싶은데, 목구멍이 굳어져 버린 날.

몸으로 말하는 감정

말하지 못한 감정은 삶의 안쪽에 스며들어, 다른 방식으로
존재를 드러낸다.

명확한 이유 없이 자주 아픈 몸,
사람이 곁에 있어도 거리감이 느껴지는 마음,
친절하지만, 어디에도 깊이 기대지 못하는 관계.
그건 어쩌면, 표현하지 못한 감정이 만들어 낸 무언의 흔

적이다.

그녀 역시 그랬다. 굳어버린 어깨, 서로 꽉 움켜쥔 양손, 방 안을 헤매는 눈빛.
"괜찮아요."라고 말하지만, 그녀의 몸은 전혀 다른 이야기를 하고 있었다.

사실 누구나 마음 한구석에는 약한 부분이 있다.
울고 싶어도 참았던 날들, 말하고 싶어도 꾹꾹 삼켰던 순간들. 강한 척하며 살았지만, 그 밑에는 여전히 연약한 마음이 그대로 남아 있었던 거다.

감정은 갑자기 생겨나는 것이 아니다. 그것은 오래전부터 우리 안에 있었고, 다만 우리가 받아들일 준비가 되었을 때 비로소 떠오른다.

마치 땅속으로 스며든 물이 긴 시간 흘러 다니다가 바위틈 사이로 솟아나는 것처럼.

감정이 건네는 선물

지금 당신 안에도, 조용하게 웅크리고 있는 무언가가 있을
지 모른다.
아직은 말이 되지 않았지만, 이유 없이 불편해지는 순간들,
작은 말 한마디에도 울컥하는 마음, 설명하기 어려운 피로
감으로 이미 그 모습을 드러내고 있다.

그것은 어쩌면, 억눌러왔던 당신의 진심일 수 있다.
누군가의 기대를 우선하느라 외면했던 마음, 자신도 알아
채지 못했던 욕구와 상처가, 이제야 조심스럽게 다가오는
건지도 모른다.
몇 년, 혹은 수십 년 동안 오래 익어간 감정일수록, 그것이
표현될 때 우리에게 주는 깨달음은 더 진하고 깊다.

감정은 우리에게 선물을 준다. 그동안 외면했던 나 자신과
만날 기회를.
완벽하지 않아도 괜찮고, 항상 강할 필요 없는 나를 마주할
순간을.

그 순간을 두려워하지 말자. 부드러운 것이 결국 단단한 것을 이긴다.
연약함을 인정하는 순간, 우리는 더 깊고 넓은 자신과 마주하게 된다.

감정이 말이 되는 순간, 그것은 단순한 대화가 아니다.
차갑게 굳어 있던 내 삶의 조각들을 다시 꺼내어 품어 주는, 따뜻한 시작이다.

지식으로 감정을 덮어 온 사람의 늦은 고백

그는 딱딱한 말투로 인사를 건넸다.
표정은 굳어 있었고, 감정은 좀처럼 읽히지 않았다.

그는 젊은 시절, 공직 생활을 하며 사회적으로 인정받았다.
또한 학문을 사랑했고, 지적 성취에 대한 자부심도 컸다.
그런 그가 상담실을 찾은 이유는 '가족 문제'였다.

"내 자식들과 아내는 나를 돈 버는 기계로만 여겨 왔습니다."

말투는 단호했고, 시선은 정면을 응시하고 있었다. 그 말
뒤에는 상처 입은 자존심과 억울함이 담겨 있었다.

그는 자신의 말과 생각을, 늘 인용으로 표현했다.
책에서 읽은 철학자나 위인의 말을 빌려 자기 감정을 말했
다. 마치 감정조차 학문처럼 정리되어 있어야 한다는 듯이.

나는 곧 알아차릴 수 있었다. 이 사람은 지식이라는 외투
안에 자신을 숨기고 있었다는 걸. 그 외투는 아주 오래전부
터 입게 된 것이었다.

처음 상담을 시작하며 그는 말했다.
"나는 이 세상의 지식이란 지식은 다 섭렵한 사람입니다.
상담사에게 배울 것은 없어요. 다만, 나를 돈 버는 기계로
만 여긴 아내와 자식들을 어떻게 가르쳐야 할지, 그 방법을
알고 싶을 뿐입니다."

나를 무시하려는 의도는 아니었다. 다만, 그는 그렇게밖에
자신을 방어할 수 없는 사람이었다. 노골적인 말투였지만,
나는 그 말속에서 조심스레 그의 불안과 공허를 들여다보
았다.

그는 상담 중에도 자신을 철저히 '지식인'으로만 소개했다.
자신의 감정 상태는 말하지 않았고, 그저 아내와 자식들의
무정함에 대한 분노만이 주된 주제였다.

감정을 표현하는 일은, 곧 '약함'이라 믿어 온 사람.
지식은 그에게 오랜 무기였고, 동시에 방어막이었다.

하지만 삶은 책처럼 정리되지 않는다. 그에게 지금 필요한
건 더 많은 지식이 아니라, 지식을 잠시 내려놓는 일이었다.
그가 '하찮고 수준 낮다'라고 여겨 왔던, 바로 그 일상의 대
화와 사소한 감정에서부터 회복은 시작되었다.

시시하고 비생산적이라 여겼던 질문들

가장 단순한 대화로.
"오늘 아침은 어떤 반찬으로 드셨어요?"
"어르신이 가장 즐겨 부르시는 노래는 어떤 건가요?"
"지난주엔 어떤 일이 마음에 좀 걸리시나요?"

그는 처음엔 그런 질문을 시시하고 비생산적이라 여겼다. 하지만 그런 질문 속에서 처음으로 자신의 일상을 말하기 시작했다.

그 질문은 단순했지만, 그의 마음 깊은 곳을 흔들기 시작했다. 그의 표정은 조금씩 부드러워지고 있었다. 그간 감춰졌던 외로움이 풀려나오고 있었다.

그는 오랜 시간 공직에서 일했고, 퇴직 후에도 여러 기관의 자문을 맡으며 사회적 위치를 유지해 왔다. 그래서 자신이 사회생활을 잘해 왔다고 믿었다. 사람들과의 관계도 원만하고, 자신을 존중해 준다고 생각했다.

하지만 은퇴 후, 그 믿음이 착각이었음을 알았다.

친밀함으로 착각한 세월

자신이 높은 지위에 있었기에 사람들은 늘 겉으로 친절했지만, 그것은 어디까지나 표면적인 관계에 불과했다.

어릴 적부터 정서적인 친밀감을 경험해 본 적이 없는 그는,

그런 표면적 관계를 '친밀함'이라 오해하며 살아온 것이다. 정작 은퇴 후엔 누구 하나 연락하는 사람이 없었다. 그는 이 긴 세월을 살아오면서 누구와 일상을 나눠 본 적이 없다는 사실을 뒤늦게 알아차렸다.

상담이 거듭되며, 그는 자신도 모르기 나에게 안부 인사를 자연스레 건네고 어제와 오늘을 이야기하고 있는 모습을 알아차렸다.
꼿꼿하게 경직되었던 말투와 눈빛, 앉은 자세까지도 서서히 힘이 빠지면서 자연스러워지기 시작했다. 처음엔 정리된 생각만 말하던 것에서, 이제는 감정과 느낌을 조금씩 말하게 된 것이다.

식탁에 앉은 아내에게 "나 때문에 매일 세 끼 밥 챙기는 것도 힘들겠다."라고 어색한 표현을 해 보기도 했고, 자식들에게도 일상의 소소한 이야기를 꺼내기 시작했다.

그동안 집 안에서 오가는 대화는 늘 정답을 요구하거나 그의 평가로 끝나곤 했기에, 가족들은 그와 마주치기를 피했다. 하지만 그의 말투가 조금씩 달라지자, 집 안의 분위기도 바뀌어 갔다.

그는 결국 자신의 어린 시절을 돌아보게 되었다. 그의 집안은 매우 엄격하고 권위적이었다.
아버지는 학문을 무엇보다 중요시하는 분이었다. 그가 어린 나이에 천자문을 빨리 떼거나 한시를 지어 올리면 집안 어른들은 칭찬을 아끼지 않았고, 집에 손님이 오기라도 하면, 아버지는 그를 내세우며 자랑스러워했다.

그때부터 그는 '지식'이 자신을 존재하게 해 주는 것이라 믿게 되었다. 감정은 무의미한 것, 일상적인 소소함은 하찮은 것으로 여기며 살았다.

그렇게 살아온 삶이 잘못됐다고는 누구도 말할 수 없지만, 지금 그는 그 삶이 자신을 고립시켜 왔다는 것을 알게 되었다.
지식은 그를 높여 주었지만, 그를 따뜻하게 안아 주진 않았다. 명문장은 그를 똑똑하게 만들었지만, 사람과 마음을 잇는 다리가 되어 주진 않았다.

나는 지금 함께 있고 싶습니다

상담이 끝날 때, 그는 조용히 말했다.
"그동안은 가족들과 늘 누가 옳은지를 따지며 말했습니다.
그런데 지금은 그냥 애들이 무슨 생각을 하는지 듣고 싶어
졌어요."
그는 그렇게 감정의 문을 두드리기 시작했다.

감정이란 대단한 것이 아니다.
그저 밥을 함께 먹고, 눈을 맞추는 것—그 단순함이 사람을
살린다.

외로움은 단순히 혼자 있는 것이 아니라, '감정을 나눌 수
없을 때' 깊어지는 감정이다.
그는 이제 그런 외로움에서 조금씩 걸어 나오고 있었다. 가
족들과의 진짜 관계를 처음부터 다시 쌓아 가는 중이었다.

그는 이제 알게 되었다.

"괜찮은 사람이 되고 싶어서 너무 긴 세월을 멀리멀리 돌아왔다"라는 것을.

그리고 이제야 말할 수 있게 되었다.

"나는 지금… 함께 있고 싶습니다."

열어 본 적이 없던 마음인지도...

상담실에 들어선 60대 중반 여성이 말했다.

"남편이요… 화를 내지도 않고, 미안하단 말도 안 해요. 그 냥 늘 조용해요."
"차라리 화라도 내 주면 좋겠어요. 그러면 내가 뭘 잘못했는지라도 알 텐데…."

수없이 반복해 온 말이었지만, 누구에게도 제대로 털어놓지 못했던 말일 것이다.
그녀의 이야기를 들으며 생각했다.
서로 말이 없다고 해서 무관심한 건 아니구나.

침묵하는 사람들을 오래 만나 보면 알게 된다.

그들이 본래부터 조용한 사람은 아니었다는 것.

어린 시절 어딘가에서 말문이 막혔고, 그 막힌 채로 어른이 되어 버렸다는 것.

"우리 아버지가 그랬어요. 말이 없었어요."

"집에선 다들 조용했어요. 그냥 그게 당연한 줄 알았고…."

말하지 않는 사람들 대부분은 어릴 때부터 자신의 기분을 충분히 말할 기회를 얻지 못했다.

"배고프다"라고 했는데 "지금은 바쁘니까 기다려"라는 말만 들었거나, "무섭다"라고 했는데 "남자가 그까짓 걸 무서워해서야…"라는 반응을 받았던 기억들.

그런 경험이 반복되면 아이는 점점 말을 줄인다.

'내 마음을 말해 봤자 달라지는 건 없구나.'라는 생각을 배우게 된다.

그렇게 자란 사람은 어른이 되어서도 마음을 표현하는 일이 어색하다. 화가 나도 참고, 속상해도 꾹 눌러 두고, 아무렇지 않은 척하며 살아간다.

말 없는 사람의 속마음

"남편한테 '지금 기분은 어떠냐.'라고 물었더니, '모르겠
다.'라고 하더라고요. 정말 모르는 것 같았어요."
그녀의 남편도 기분을 몰라서라기보다, 말로 그런 표현을
해 본 경험이 적은 사람일 수 있다.

우리는 어릴 때 경험한 부모의 모습을 그대로 닮아가며 자
란다. 마치 오래된 그릇에 물을 담듯, 사람의 마음에도 관
계의 흔적이 고스란히 담긴다.

어린 시절의 부모와의 관계는 마음속 첫 번째 '관계의 틀'
을 만든다. 그리고 무의식적으로 그 틀을 따라, 새로운 관
계에서도 비슷한 방식으로 말하고 반응하며 살아간다.

그렇게 쌓인 오래된 관계의 기억은, 자라서 만나는 사람들
에게도 그 모습을 반복하게 한다.
말수가 적은 어른의 모습 안에는, 어쩌면 말하고 싶었지
만, 말할 수 없었던 어린 시절의 아이가 그대로 머물러 있

는 것이다.

"아버지는 좋다, 싫다, 이런 말을 한 번도 안 하셨어요."
"어머니도 늘 '몰라도 된다.'라고 하셨어요."
마치 집안 대대로 대물림되는 요리 비법처럼, 감정을 다루
는 방식도 조용히 물려받는다.

이런 침묵은 단순한 성격이 아니다. 어린 시절 말할 수 없
던 환경에서 생긴 생존 방식이자, 나름의 방어 전략이었다.
하지만 그 침묵이 어른이 되어서도 계속되면, 이제는 자신
을 지키는 방식이 아니라 관계를 단절시키는 벽이 된다.

침묵은 상처의 다른 이름

"그런데요, 선생님. 나도 요즘은 말이 점점 줄어요."
침묵하는 사람 곁에 오래 있다 보면, 자신도 모르게 말수가
줄어드는 경우가 많다.

침묵은 공기처럼 번진다.

"처음엔 계속 말을 걸었어요. 그런데 매번 '응', '그래'만 돌아오니까, 나도 지치더라고요."

그렇게 두 사람 모두 점점 말을 줄이면, 집안 분위기도 무거워진다.

감정은 흐르지 않으면 고인다. 고인 감정은 결국 썩는다.

말이 없는 사람은 말하고 싶은 게 없어서가 아니라, 어떻게 꺼내야 할지 막막할 때가 많다.

"막상 말하려면 머릿속이 하얘져요."

"뭔가 말하고 싶은데 도무지 어디서부터 어떻게 해야 할지 모르겠어요."

사람들은 다양한 이유로 침묵한다.

침묵이라는 말 앞에는 사실 여러 이름이 숨어 있다.

• 버거울 때의 침묵: 너무 많은 일이 머릿속에서 뒤엉켜서, 뭐부터 말해야 할지 모를 때.

• 상처받았을 때의 침묵: 말하면 또 다칠까 봐 입을 꾹 다물

고 있을 때.

- 지쳤을 때의 침묵: 설명하는 것조차 귀찮아서 그냥 혼자 있고 싶을 때.
- 배려의 침묵: 내 문제로 상대를 힘들게 하기 싫어서 "괜찮다"라고 말할 때.

그들의 침묵 뒤에는 때때로 깊은 상처가 있다.

믿었던 사람에게 실망했던 기억, 진심을 털어놨다가 무시당했던 경험들.

이처럼 받아들이기 어려운 감정이나 기억은 마음속에 응어리로 남아 있다. 그것은 우리가 인식하지 못하는 틈을 타고, 어색한 침묵이나 거리감으로 드러나기도 한다.

그러니 누군가의 침묵이 계속될 때, 그것은 단순한 말 없음이 아니라, 마음 한쪽이 아직 준비되지 않았다는 신호일 수 있다.

하지만 그런 상처도 돌봄과 시간이 주어진다면 회복된다.

중요한 건 그 과정을 조급해하지 않는 것이다.

말 없는 사람을 이해한다는 것

"처음엔 정말 어색했어요. 내 마음을 말로 한다는 게 이렇게 어려운 줄 몰랐어요."

그녀는 상담실에서 조심스럽게 자신의 감정을 말하기 시작했다. 한 번 열린 물꼬는 조금씩 넓어졌다.
"요즘은 남편한테도 '나 지금 속상해'라고 말해요. 남편이 멈칫거리며 놀라더라고요."

말을 한다는 것은, 그 감정을 인정한다는 뜻이다.
'나는 지금 이런 기분이야'라고 자기 자신에게 말해 주는 것이다.

상대방이 말이 없다고 해서 감정까지 없는 것이 아니다. 그 침묵 뒤에 어떤 마음이 숨어 있는지 함께 들여다볼 수 있어야 한다.
"남편한테 물어봤어요. '당신은 뭐가 좋아요?' 하고. 그랬더니 한참 있다가 '글쎄…' 하더라고요."

그 말들은 사라진 게 아니다. 아직 꺼낼 준비가 안 된 채,
마음 어딘가에서 기다리고 있을 뿐이다.

말 없는 사람에게 필요한 건 더 많은 질문이 아닐 수 있다.
"왜 말이 없어?" 대신 "여기 같이 있어도 될까?"
"뭔 일 있어?" 대신 "지금 혼자 있고 싶어?"

때로는 말보다 그냥 옆에 앉아 있는 것만으로 충분하다.
침묵하는 사람에게 가장 큰 위로는 성급한 조언이 아니라,
조용한 동행이다.
기다림은 말보다 오래 남는 대화다.
조용히 곁을 지키는 그 시간 동안, 닫혀 있던 마음은 천천
히 제 온도를 되찾는다.

"요즘 남편이 가끔 이런 말을 넌지시 하더라고요. '오늘 모
임에서 기분이 좀 안 좋더라…'고요. 별거 아닌 것 같지만,
우리 집에서는 큰 변화예요."

그녀의 얼굴에 스며드는 웃음을 보며 생각했다.

말문이 트인다는 건 이런 것이구나.
거창한 대화가 아니라, 그날 있었던 작은 감정을 말로 꺼
내는 것에서 시작된다는 걸.

침묵 뒤에 있던 마음을 만나는 순간, 우리는 알게 된다.

그들이 할 말이 없었던 게 아니라,
아직 말할 준비가 되지 않았던 것뿐이라는 사실을.

'살아서 뭐 하나' 싶은 마음이 무거워질 때

"내가 살아서 뭐 하나 싶었어요. 누가 나 좀 데려갔으면 좋
겠다고… 밤마다 기도했어요."

그 말은 긴 터널 끝에서 되뇌는 독백 같았다.
오랜 외로움과 체념이 뒤섞인, 세월의 목소리였다.

그녀는 어린 시절, 이른 나이부터 집안일을 하고 돈을 벌어
야 했다. 중학교도 가지 못했고, 배우고 싶은 마음도 현실
앞에서는 늘 미뤄야 했다.
그 시절의 결핍은 마음속에 깊게 남았다.
결혼 후 그 결핍은, "내 자식들만큼은 나처럼 살게 하지 않

겠다."라는 결심으로 이어졌다.

그녀는 식당 일을 시작했다.
직원 셋 몫의 일을 혼자 도맡았다. 한겨울에도 불판 앞을
떠나지 않았고, 손등에는 덴 흔적들이 깊게 남았다.
그 손으로 자식들의 옷을 사 주고, 등록금을 내고, 결혼자
금까지 보탰다.

자식들은 부족함 없이 자랐다. 하지만 결혼 후에도 큰돈이
필요할 때면 어김없이 손을 내밀었다.
그녀는 그 손을 뿌리치지 못했다. 왜냐하면, 그렇게라도 필
요한 엄마가 되고 싶었기 때문이다.

돈으로 존재한 시간

어느 날, 그녀는 말했다.
"나는 자식들한테 참 미안해요. 애들 크는 동안, 늘 돈 번
다고 정신없이 살았거든요. 피곤함에 지쳐서 애들한테 따

뜻한 말 한마디 못 해 주고… 그렇게 힘들게만 살았네요.”
그러더니 한참을 울었다.

“나는 그냥… 돈만 주는 엄마였던 것 같아요.”

이제는 참고 참다가 아프다는 말을 해도, “그만 좀 쉬어도
괜찮아요. 엄마, 쉬세요.”라는 말조차 듣기 어렵다며 섭섭
해했다.

서운해하는 그녀에게 조심스럽게 물었다.
“이렇게 평생 가족을 위해서 살아왔는데, 왜 자식들이 무
심하게 대하는 걸까요?”

“아, 예전에는 애들도 나를 챙겼어요. 그런데 내가 돈 아낀
다고 ‘괜찮다. 안 한다.’ 그랬더니, 그때마다 짜증을 내더라
고요. 그러다 보니 지금은 말도 잘 안 하고…”

잠시 침묵이 흘렀다.
“사실은, 그렇게 살지 않으면 내가 필요 없는 사람이 되는

것 같았나 봐요.”

그 순간, 그녀는 처음으로 자신을 마주했다.
누구에게도 말하지 못했고, 자신한테조차 숨겨 둔 마음이
었다.

그동안 그녀는 늘 ‘괜찮다’라고 말해 왔다.
혹시라도 아프다고 하면 짐이 될까 봐,
슬프다고 하면 걱정할까 봐,
자신의 감정을 눌러 놓고 살아야 했던 시간들.

지금도 맞벌이하는 딸을 대신해 장을 보고, 음식을 만들고,
청소까지 해 준다. 하루 종일 쉴 새 없이 움직이지만, 딸이
섭섭해할까 봐 한마디 내색도 하지 못한다.
건강은 점점 안 좋아지고, 조금만 무리해도 숨이 차고 어지
럽지만, 그녀는 여전히 괜찮다고 말한다.
그 말은 더 이상 진심이 아니지만, 습관처럼 입에 붙었다.

나를 위해 쉬는 것조차 미안하게 여기는 사람.

그녀는 한 번도 '싫다'라고 말해 본 적이 없었다. 그렇게 평생을 살아왔다.

'괜찮다'라는 말의 진짜 의미

나는 말했다. "이제라도 더 늦기 전에, 지금부터 저랑 연습해 보는 거예요."

다양한 역할극을 통해 어색하게 수줍게 연습해 보며, 그녀는 처음으로 자식들과 눈을 마주치며 따뜻한 말을 주고받는 상상을 해 보았다.

말투는 어눌했고, 표정은 아직 굳어 있었지만, 목소리에는 미세한 떨림이 있었다. 그 떨림은, 평생 말해 보지 못했던 애정의 첫 연습이었다.

오랫동안 무거운 책임을 지고 걸어 온 사람만이 마지막 남은 부드러움을 꺼낼 수 있는 법이다.

상담이 끝나갈 무렵, 그녀가 살짝 웃으며 말했다.

"이미 다 늦었지만, 지금부터라도 남은 인생은 홀가분하게 한번 살아 볼 수 있겠죠?"

그 말 안엔, 살아온 시간에 대한 회한과 앞으로의 삶에 대한 소망이 함께 담겨 있었다.
평생을 타인의 기대에 맞춰 살아온 인생에서, 비로소 자신에게 작은 공간을 허락하고 싶은 마음이 처음으로 말이 되어 나왔다.

당신도 지금, '아니요.' 한마디를 말하지 못해, 다른 사람의 삶까지 떠안으며 무겁게 살아오고 있는 건 아닌가?

이제는 자신을 돌보는 일에 죄책감을 덜어 내도 괜찮다.
그녀는 여전히 누군가의 엄마이지만, 이제는 자기 삶의 주인으로 살아가려 한다.
그것이 '괜찮다'라는 말의 진짜 의미일지도 모른다.

진짜 사랑은, 자신을 먼저 안아 주는 데서 시작된다.

시어머니의 아들과 함께 살아야 했던 오십 년

처음 상담실 문을 연 건 아내였다. 자리에 앉자마자, 조용한 어조로 말했다.

"이 사람, 지금 죽어도… 장례식장에서 눈물 하나 안 날 것 같아요."

그 말은 냉소처럼 들렸지만, 그 속에는 미움보다 오래된 허무와 고단함이 쌓여 있었다.

눈물이 나지 않을 거라 말하는 그녀의 얼굴은 이미 오래전부터 메말라 있었다. 지나온 시간 안에서 감정을 삼켜야 했던 세월의 무게가 그렇게 말을 빌려 흘러나왔다.

아내 없는 결혼, 아들로만 산 남편

결혼과 동시에 시어머님과 함께 살게 되었다. 둘만의 시간은 없었다. 밥상머리엔 시어머니가 있었고, 신혼방 안에도 언제나 누군가의 기척이 있었다.
그녀에게 '아내'라는 자리는 존재하지 않았다.
시댁의 며느리, 집안의 일꾼, 자식들의 엄마, 그 모든 역할 속에서 그녀 자신은 보이지 않았다.

시어머니는 아들을 남편처럼 의지했고, 남편에게서 받지 못한 돌봄을 아들에게 기대했다.
그 관계는 외형상 '효자와 어머니'였지만, 실상은 '엄마를 돌봐야 하는 남편 역할을 하는 아들'이었다.

해마다 제사와 명절이면 어김없이 집안 어른들과 형제들이 몰려들었다. 집안일은 당연히 그녀의 몫이었고, 시어머니가 병이 들자 병수발은 물론 문병 오는 친척들의 식사와 이부자리 정리까지 혼자서 도맡아야 했다.

"그땐요, 그냥 시집살이란 게 당연히 그런 줄 알았어요. '힘들다, 서운하다'라는 마음이 들면 오히려 내가 죄를 짓는 것 같았어요."

수없이 망설이다 남편에게 하소연을 해 본 적도 있었다.
하지만 돌아오는 대답은 늘 같은 말뿐이었다.
"울 어머니 힘들게 사신 거 다 알잖아."
"좀만 참아, 당신이 제일 먼저 이해해 줘야지."

그 말을 들을수록 그녀는 입을 닫았다. 말한다고 달라질 게 없다는 걸, 이미 수없이 겪어 왔기 때문이다.
50년 넘게 같은 집에서 살면서도 식탁에 마주 앉아 웃어 본 적이 없다. 애정 표현은커녕, 서로의 얼굴을 찬찬히 바라본 기억조차 없다.

딸에게까지 이어진 패턴

남편은 처음 몇 차례의 상담 내내 아무 말도 하지 않았다.
그저 고개를 끄덕일 뿐, 감정도 반응도 없었다. 그러던 어
느 날, 세 번째 상담에서 조심스럽게 입을 열었다.

"이 사람이 그렇게까지 힘들었는지 몰랐어요."
"나도 사실… 그렇게 사는 게 많이 힘들었어요."
그 말은, 처음으로 꺼내는 속마음이었다.

그 역시 말하지 못한 채 살아온 사람.
어릴 적부터 어머니의 감정이 먼저였고, 늘 주변 눈치를 먼
저 읽어야 했던 소년.
아버지의 빈자리를 메우는 착한 아들로, 어머니의 슬픔을
감당하는 보호자로 살아온 그였다.

"나는요, 속으론 미칠 것 같은데…, 다들 그냥 착한 아들이
라고만 했어요."

그 말이 방 안에 한동안 남아 있었다.

아내만큼이나, 그도 역시 자기 마음을 내보인 적이 없었던
사람이었다.

한참을 말없이 앉아 있다가, 그는 다시 말했다.

"우리 딸이요, 우리 아내처럼 살고 있는 것 같아요.
내가 아내한테 했던 것을 사위가 내 딸한테 하고 있더라
고요.
그걸 보고 화가 났어요. 왜 그걸 내가 물려줬을까…."

그 말 안엔 후회와 통찰, 그리고 이제야 자신을 향해 돌아
보고 싶은 마음이 담겨 있었다.
이제라도 끊어야 한다고 생각했다. 이 패턴을, 이 굴레를.

그날 이후, 그는 자신이 살아온 방식을 처음으로 돌아보
았다.
아내도 그 말을 들으며 처음으로 남편의 또 다른 모습을 보
게 되었다. 비난하고 싶은 마음도 여전히 있었지만, 그 속

에 숨어 있던 무력함과 외로움이 조금씩 보이기 시작했다고 말했다.

"이 사람도… 마음을 표현하는 걸 배워 본 적 없는 사람이구나." 그렇게 말하는 아내의 표정은, 아주 조금, 부드러워져 있었다.

당연하게 여겨졌던 희생과 침묵

가족이라는 이름 아래, 당연하게 여겨졌던 희생과 침묵은 어쩌면 서로를 지우는 방식이었는지도 모른다.
그때 필요했던 것은 정서적 독립이었다.

어머니를 버리는 것이 아니라, 어머니와 아내 사이에 선을 긋는 것.
"어머니도 소중하지만, 아내도 소중합니다."라고 말할 수 있는 용기.
하지만 그들은 그 말을 하지 못한 채 50년을 살았다.

가족이 너무 가까워지면, 정작 서로를 보지 못한다.
감정이 엉켜 버린 채 누군가는 사라지고, 누군가는 착한 역할만 반복한다.

이제 시어머니는 세상을 떠났지만, 부부는 여전히 서로에게 낯선 사람처럼 살고 있었다.
상담을 통해 그들은 조금씩 서로를 다시 보기 시작했다.
70이 넘어서야, 진정한 부부가 되어 가는 중이다.

늦었지만, 아직 끝나지 않았다.
말 한마디로 문은 열린다. 그 말이 화해를 부르지 않을 수도 있지만, 그 말 없이는 어떤 화해도 시작되지 않는다.

감정은 말이 될 때 살아나고,
관계는 말이 흐를 때, 다시 움직이기 시작한다.

평생 바빠야만 했어요. 가만있으면 너무 불안해요

그녀는 항상 바쁘게 움직이는 사람이었다. 새벽에 일어나 아침밥을 지으며 하루를 시작했고, 잠들기 전까지 손이 가만히 있는 법이 없었다.

누가 시킨 것도 아니었다. 그저 손이 멈추면 마음이 불안해졌다.

"그냥요…, 아무것도 안 하고 있으면 숨이 막혀요.
가만히 있으면, 어쩐지 안 좋은 일이 생길 것 같아서 불안하고 초조해져요."

그녀는 그렇게 '바쁘게 움직이는 사람'으로 살아왔다.

몸을 쉬지 않게 하는 것이야말로 자신을 지키는 방법이라 믿었다.

실제로도 그랬다. 아무것도 하지 않는 시간은 그녀에게 공허함과 두려움을 가져다주었고, 그 두려움을 피하려면 지칠 때까지 바쁘게 살아야 했다.

그렇게 바쁜 삶의 습관은 어디에서부터 시작된 것일까.

그녀는 어릴 적을 떠올렸다. 가정을 홀로 책임지던 친정엄마는 밭일에 소 키우기에 남의 집에 품파는 억척스러운 사람이었다.

어릴 때부터 엄마를 따라 움직이는 게 당연했다. 자신도 함께 밭일을 했고, 소에게 먹이를 주고, 동생을 돌봤다. 엄마는 늘 바빴고, 그녀는 그 엄마를 닮아야 잘 살 수 있다고 믿었다.

바빠야 살 수 있고, 쉬면 무너진다고 생각했다.

엄마는 자신을 늘 채찍질하며 딸에게 온갖 걱정거리를 쏟아부었고, 그녀는 그 걱정을 다 받아 마셨다.

강한 사람이라는 가면

그리고 결혼 후, 그 믿음은 더욱 공고해졌다.

남편은 말이 없었고, 사람과 갈등을 피하는 사람이었다. 시댁 식구들과 갈등이 생기면 남편은 조용히 앉아 있었고, 그녀가 싸워야 했다. 내 아이들을 지켜야 했고, 가정을 세워야 했다.

"그래서 내가 더 드세게 굴었어요. 남편은 말 한마디 못 하고… 피하기만 하니까."

그녀는 그렇게 자신을 드러냈다.

원래는 마음이 여리고 눈물도 많았던 사람. 하지만 자식들과 살아 내기 위해서는, 누구든 울타리가 되어야 했기에 스스로 '강한 사람'이라는 가면을 씌웠다.

그 가면은 처음에는 보호막이 되어 주었지만, 오랜 시간이 지나면서 그녀는 자신이 진짜 어떤 사람인지 잊게 되었다. 내성적이고 움츠러드는 남편 옆에서, 더 강하고 날카로운 역할을 맡아야 했고 그럴수록 자신의 불안과 두려움은 더 깊은 지하로 스며들었다.

불안은 겉으로 잘 보이지 않는다. 하지만 그 불안은 그녀를 잠 못 이루게 했고, 밤마다 생각이 많아져 불면증에 시달리게 했다.

그래서 그녀는 더욱 바쁘게 움직였다. 육체가 지쳐 떨어져야 비로소 잠이 들 수 있었기 때문이다.

몸이 보내는 마지막 경고

그러나 몸은 버틸 수 없었다. 허리에는 큰 수술을 받아 나사를 고정했고, 양쪽 손가락은 오랜 관절염으로 뻣뻣하게 다 오그라들었다. 결국에는 어쩔 수 없이 더 일하고 싶어도 할 수 없는 몸이 되었다.

"이제는요, 움직이고 싶어도 못 움직이겠어요."

그녀는 말했다.

"일을 멈추면 우리 가정이 무너질 줄 알았어요. 그런데 이제는 아무 일도 할 수 없게 돼 버렸어요."

더 깊은 무기력으로 빠져들어 가는 그녀에게 나는 물었다.

"어쩌면, 어머니의 몸이 이제는 그만하라고… 그렇게라도 어머니를 보호하려 한 건 아닐까요?"

그녀는 잠시 말이 없었다. 그리고 이내 고개를 천천히 끄덕였다.

과로로 무너진 몸은, 멈추지 못하는 마음을 대신 멈춰 주는 마지막 장치가 되기도 한다.

그건 단순한 병이 아니라, 오랫동안 구시당해 온 묵은 감정이 몸을 통해 드러내며 외치고 있는지도 모른다.

느슨하게 살고 싶었던 마음

"나는 게으른 사람을 보면 너무 싫었어요. 멀쩡한데 왜 저렇게 사냐고…, 화가 났어요."

그 말엔, 자신을 향한 오래된 비난이 담겨 있었다.

게으름에 대한 분노는, 실은 자신 안에 숨은 '느슨하게 살고 싶은 마음'에 대한 부정이었다.

그녀도 너무나 간절하게 쉬고 싶었지만, 그러면 안 된다는 내면의 강박이 느슨한 다른 사람을 향한 비난으로 튀어나왔던 것이다.
상담이 깊어지며, 그녀는 처음으로 자신 안에 숨겨진 조각들을 마주했다. 남을 비난하던 그 감정의 칼끝이 결국 자신을 향하고 있었다는 것을.

"저도… 그렇게 느긋하게 살아 보고 싶었나 봐요."

그것은 단순한 소원이 아니었다. 평생을 '쓸모 있는 역할'로만 살아온 사람이, 이제는 존재 자체로도 괜찮다고 느끼고 싶은 아주 간절한 바람이었다.

그녀는 이제 몸을 자유롭게 움직일 수 없지만, 그 속에서 비로소 자기감정의 속도를 들여다보게 되었다.
그동안 미뤄 왔던 자신의 마음을 하나씩 꺼내어 바라보는 시간이었다.

불안은 결핍만의 문제가 아니다.

지나치게 애쓰는 사람, 과하게 '좋은 사람'으로 살아온 이

들에게도 조용히 자라난다.

그것을 느낀다고 해서, 약함의 증거는 아니다.

그건 오히려 마음이 살아 있음을 알려 주는 신호다.

불안했던 사람은, 이제는 그렇게 말할 수 있다.

"바쁘지 않아도… 나는 괜찮다"라고.

불안이 완전히 사라지진 않을 것이다.

하지만 이제 그녀는 안다.

바쁨 속에 숨지 않아도, 자신을 마주할 수 있다는 것을.

내 감정에 가격표를 붙인 건 누구였을까

그는 상담실에 올 때마다 말이 적었다.

질문을 하면 잠시 허공을 바라보다가, "뭐… 그냥 그렇죠."

하고 짧게 끝냈다.

눈물도 없고, 화도 없고, 웃음도 없었다.

그저 평평한 얼굴로 앉아 있는 사람.

처음엔 무뚝뚝한 성격인가 싶었다. 하지만 시간이 지나면
서 나는 알 수 있었다.

그는 감정이 없는 게 아니라, 감정을 느끼면 안 된다고 배
워 온 사람이었다.

"속상한 일이 있으셨을 것 같은데요?"
"뭐… 별로요. 그런 걸로 마음 쓰면, 밥이 나옵니까."
그 한마디에 많은 게 담겨 있었다.

그는 평생 자기 마음에 값을 매기며 살아왔다.
'이건 쓸모 있다. 저건 소용없다.'
그 기준 안에서 감정은 언제나 필요 없는 것이었다.

동대문에서 떵떵거리던 시절

"90년대만 해도 괜찮았어요. 동대문에서 청바지 도매상을 했거든요. 그땐 가게도 세 개나 있었고, 직원이 열 명이 넘었어요."
그는 잠시 웃었다.

그 시절 동대문은 밤이 낮보다 더 붐볐다.
대구, 부산, 광주에서 상인들이 고속버스를 대절해 올라왔다. 새벽 세 시, 가게 앞엔 물건 떼어 가려는 줄이 길게 섰다.

"그때는 내가 좀 잘나갔죠. 애들 학원비 걱정도 없었고, 아내도 웃고."

그 시절을 떠올리며 웃던 그의 얼굴엔 오래 묵은 그리움이 번졌다.

"IMF가 오면서부터 틀어졌어요."

IMF가 터지자, 거래처가 줄줄이 무너졌다. 외상값은 못 받고, 재고는 쌓이고, 은행 빚이 늘었다.

줄지은 고속버스는 끊겼고, 새벽 손님들도 사라졌다.

"가게를 두 개 접었어요. 하나 남겨 놓고 버텼는데, 그것도 끝났어요."

그의 목소리가 작아졌다.

한창때는 사람을 부리던 사장이었는데, 어느새 손수 트럭 몰고 납품 다니는 사람이 되어 있었다.

아내는 공장으로 일을 나가기 시작했다.

그는 그때도 별말이 없었다.

"남자가 집에 와서 힘들다고 하면, 누가 믿고 의지하겠어요. 그냥 참는 거죠."

그 말은 오래 참아 온 사람만이 할 수 있는 말이었다.

손익계산서처럼 살아온 삶

"우리 세대 남자들은요, 자기 기분대로 다하고 살면, 가족
들 다 굶어요."
그는 담담하게 말했다.

그 시절, 남자는 가정의 등뼈였다.
한 달 벌어 전기세, 학원비, 월세금을 내야 했고, 직장에서
조금만 흔들리면 '가장'의 이름이 위태로워졌다.
그래서 그는 늘 계산했다.
어떤 일이 생기면, 머릿속으로 빠르게 따져 봤다.

'이건 돈이 되나? 안 되나. 이건 소용 있나? 없나.'

속상해도, "그걸로 밥이 나오나?"
억울해도, "그걸로 애들 학비가 해결되나?"

몸이 아파도, "그래도 일은 해야지."

그렇게 자기 마음을 재단하며 살았다.
소용 있는 것과 없는 것을 나누고, 쓸모 있는 것만 남기고
나머지는 꾹꾹 눌러 담았다.

감정도 그중 하나였다. 그건 손익계산서에 올려놓으면 늘
손해였다.
이건 그의 잘못이 아니었다.
그 시절엔 그게 살아남는 법이었다.

소주 한 잔으로 삭이던 것들

"일 끝나고 집에 가는 길에 자주 들렀어요. 포장마차 같은
데요."
그는 고개를 숙였다.
늦은 밤, 혼자 앉아 소주 한잔 털어 넣으며 그날의 분노를,
억울함을, 서러움을 삭였다.

"말은 안 했지만, 속으론 답답했죠. 근데 뭐 어쩌겠어요.
그냥 넘겨야지."
한 잔, 두 잔. 참고 또 참은 것들이 목구멍을 타고 내려갔다.

집에 들어가면 또 아버지가 되어야 했고, 남편이 되어야 했
다. 그러니 그 시간만큼은, 혼자 마음을 녹일 수 있는 유일
한 순간이었다.
그렇게 버텼다. 수십 년을.

"이젠 돈도 없고, 일도 없고, 몸도 예전 같지 않아요."
그의 목소리가 낮아졌다.
"근데 요즘은 이상하게 허전해요. 다 해 줬다고 생각했는
데, 돌아보면 남은 게 없어요."

떵떵거리던 시절도, IMF의 충격도 다 지나갔다.
아이들도 다 커서 제 몫을 한다.
이젠 책임질 것도, 벌어야 할 것도 없다.
그런데 이상하게도, 가슴속엔 먹먹한 무언가가 남아 있었다.

"그동안 내가 뭘 놓치고 산 건가 싶어요."

그 말엔, 자신도 자각하지 못한 고요한 외로움이 담겨 있었다.

평생 밥 되는 일만 챙기며 살았는데, 돈도, 일도 다 지나고 나니 남은 건 휑한 마음뿐이었다.

그리고 그 마음은 너무 오래 방치되어 있었다.

이제라도 느껴 보는 것

"어르신은 살면서, 언제 마음이 편하셨어요?"

그는 한참을 생각하다가 말했다.

"글쎄요… 편한 적이 있었나 모르겠네요."

평생 감정을 뒤로 미뤄 두고 살아온 사람에게, '편안함'이라는 감각은 이미 오래전 일이었다.

"지금은 밥 굶을 걱정도, 애들 걱정도 없잖아요. 이제는 본인 마음을 좀 챙겨도 되지 않을까요?"

잠시 침묵이 흘렀다.

"그래도 되나요? 돈도 없고, 인제 이 나이 먹고서….'

'남자니까 참고, 아버지니까 버텨야 한다.'
그 말이 세상의 규칙이던 시절.
감정은 늘 뒤로 밀렸고, 마음은 늘 마지막 순서였다.
그렇게 오래 살다 보면, 마음은 어느 순간 아예 없는 것처럼 느껴진다.

하지만 이제는 다르다. 더 이상 계산하지 않아도 된다.
"이건 소용 있나, 이건 필요 없나." 이제는 따지지 않아도 된다.
젊을 땐 들리지 않던 마음의 목소리가, 나이가 들면 오히려 느려진 걸음을 따라 조용히 올라온다.

돈도, 일도, 책임도 다 지나갔지만, 마음은 여전히 여기 있다.
이제는 그 마음을 소주 한잔에 삭이지 말고, 천천히, 가만히 느껴 보자.

"지난번에, 원하는 거 생각해 보셨어요?"
그는 멋쩍게 웃으며 말했다.
"좋은 운동화 하나 샀어요. 그냥… 마음에 들어서. 매일 한 시간 넘게 걷기를 하거든요."

평생 '아깝다'며 안 사던 물건을, 처음으로 재지 않고 샀다고 했다.
"근데 신고 나오면서, '이거 사도 되나?' 자꾸 이런 생각이 들더라고요."

그렇다. 그게 바로 시작이다.
철없는 마음이라는 생각이 올라올 때, '안 돼'라고 억누르지 않는 것.
평생 처음으로 자신에게 그 철없음을 허락하는 것.
그것이 당신이 스스로 줄 수 있는 가장 값진 선물이다.

그렇게 착하게 살았는데, 왜 남은 건 억울함뿐일까요?

"그렇게 착하게 살았는데, 왜 남은 건 억울함뿐일까요?"
칠십 년을 참으며 삼킨 한숨이 그 한마디에 실려 있었다.

"나는 진짜 나쁜 짓 한 번 안 했어요. 사람한테 싫은 소리
도 못 하고요. 그렇게 살면 다 좋을 줄 알았는데…. 사람들
은 참으면 참는 대로 더 없어요."

한참 침묵이 흐르고, 나는 조용히 물었다.
"언제부터 그런 생각이 들었을까요?"

그녀는 평생을 '착한 딸', '착한 며느리'로 살아왔다.

하지만 그 착함은 자기가 고른 옷이 아니었다.
입지 않으면 사랑받지 못할까 두려워 억지로 입고 살아온
옷이었다.

착함이 평화를 만들었다

"아버지는 늘 밖으로만 나돌았어요. 엄마가 시장에서 생선
을 팔아 우리를 키웠죠."
다른 형제들은 제 갈 길을 갔지만, 그녀만은 집을 지켰다.
"내가 착하게 하면 집안이 조용했어요. 내가 엄마 일 거들
면… 그날은 엄마가 한숨을 안 쉬었거든요."

그녀가 착하게 굴면 집안이 조용해졌고, 싸우지 않았다.
그래서 그녀는 점점 더 착해졌다.

하지만 어느새 '고맙다'라는 말은 사라지고, '이것 좀 해라,
저것도 해라'가 되었다. 착함은 이제 칭찬이 아니라 당연한
의무가 되었고, 그녀는 점점 힘들어졌다.

"결혼하면 좀 벗어날 수 있을까 했는데, 시집살이가 또 시작이더라고요."

그렇게 수십 년을 살았다.
어느 날 병원에서 자궁에 큰 이상이 생겼다는 진단을 받았다.
"의사 선생님이 그러더라고요. '감정을 너무 오래 참아도 큰 병이 됩니다'라고."
그래도 그녀는 누구에게도 말하지 않고 홀로 삭혀 내며 그 세월을 버텨 냈다.

이제 자식들도 독립하고, 친구들도 만나고 복지관에서 활동도 하며 시간을 보낸다.
그런데 혼자 사는 친구들이 많다 보니, 수시로 전화벨이 울려 댔고, 연락도 없이 누군가는 초인종을 눌러 댔다.

"사람들이 섭섭해할까 봐, 한 번도 거절하진 못했어요."

이 사람 저 사람 통화를 시작하면 두서 시간씩 훌쩍 지나갔다. 전화 몇 통만 받아도 하루가 훌쩍 지나갔다. 밤마다 그녀에게 남는 건 그들의 무거운 마음과 피곤에 지친 몸이었다.

"나는 왜 이렇게 사는지…. 착하다는 말, 이제는 진짜 듣기 싫어요."
그녀는 담담하게 말했다.
"그 말 듣고 살려고 얼마나 애썼는데…. 이제 와서 보니까 그게 나를 잡아먹었더라고요."

마음에도 울타리가 필요하다

나는 그녀에게 물었다.
"혹시 어르신 집에는 울타리가 있나요?"
그녀는 고개를 끄덕였다.
"네, 있죠."

"집집마다 울타리는 왜 있을까요?"
"그야… 아무나 함부로 못 들어오게요."

82

"맞아요. 집에는 울타리가 있고 대문이 있잖아요. 그게 없으면 아무나 들락거리고, 침범도 할 거예요."

"사람한테도 자신을 보호해 주는 울타리가 필요해요. 근데 어르신은 그 울타리를 만들지 않은 거예요."

"아…, 울타리를요?"
"네. 너무 착하다는 건, 이런 울타리가 없는 거나 마찬가지예요. 사람들은 울타리가 없으면 생각 없이 그냥 드나들어요."
그녀는 조용히 집중했다.

"옛날에는 착하다는 게, 나보다 가족부터 챙기고, 남을 먼저 생각하라는 뜻이었어요. 그런데 지금은 옛날처럼 밥 굶는 시대가 아니잖아요."
"이제 중요한 건, 이게 누구의 책임일까 하는 거예요."
나는 잠시 멈췄다가 이어 말했다.

"사람들이 어떤 집을 함부로 넘나든다면, 아마 그 집에 울타리가 없기 때문일 거예요. 울타리가 없는 집이거나, 아니면 한두 번 침입해도 아무런 말이 없을 때, 계속 당연한 듯 넘나들게 되는 거죠.”

그녀는 한참 말이 없었다.
“그러니까… 내가 울타리를 안 만들어서 그런 거였군요.”

“네. 그 울타리를 보통 ‘경계선’이라고 해요. 그리고 더 말씀드리면, 경계선이 없는 사람은 반대로 다른 사람의 경계선도 지켜 주지 못해요. 무의식 중에 본인도 상대방의 집을 그렇게 넘나들 수 있는 거죠.”

“우리 이제 경계선을 같이 정해 봐요. 자신의 경계선을 정하는 것이 어쩌면 인간관계의 첫 번째 순서예요.”

단호한 한마디로 달라진 삶

나는 그녀와 천천히 작업을 시작했다.

경계선을 정하는 것의 중요성에 대해 충분히 이해하고, 그 경계선 안으로 들어올 수 있는 사람들을 1순위, 2순위, 3순위로 나누어서 상황을 정해 보았다.

그다음은 다양한 역할극을 하면서 사람들에게 내 상황을 확실하게 전달하는 방법을 연습했다.

"아… 그런데 선생님, 이렇게 하면 사람들이 섭섭해하지 않을까요? 나도 이렇게까지 하면 마음이 불편한데요."
그녀는 걱정했지만, 계속 시도하면서 용기를 냈다.

얼마 후, 그녀가 활짝 웃으면서 상담실로 찾아왔다.
"선생님! 내가 제일 힘든 걸 드디어 말했어요!"
그녀의 목소리는 떨렸지만, 그 안에는 해냈다는 자부심이 있었다.

"첫 번째는 시댁 식구들한테요. 나도 이제 나이 들고 힘드니까, 더 이상 명절을 우리 집에서 안 하겠다고 했어요. 각자 따로 지내든지, 아니면 집집마다 돌아가면서 명절을 보내자고 했어요."

"그랬더니요?"

"바로 명절을 각자 보내자고 하더라고요. 나는 50년을 명절에 친정 한 번 못 가고 혼자 다 준비했는데, 자기들은 몇 년에 한 번 자기 집에서 지내는 것도 싫다네요. 내가 해 준 건 당연하게 생각하더니, 속이 뻔히 보이고 너무 화가 나더라고요."

그녀는 잠시 숨을 고르고 이어 말했다.

"그리고 두 번째는 친구들한테요. 내가 혼자 어떻게 사는지 뻔하게 아니까 거절하기가 힘들었는데, 이번에는 확실하게 말했어요."

"뭐라고 하셨어요?"

"나도 요즘 우울하고 많이 지친다. 그리고 몸도 자꾸 안 좋아지니까 귀찮다는 마음도 많이 든다. 그래서 이제는 이렇게 자주 전화를 할 수 없다. 그리고 집에서도 내가 혼자서 쉬는 시간이 필요하다고 했더니요…."

그녀는 웃었다.

"척하면 척이라고, 눈치껏 잘 알아듣더라고요. 친구도 눈치껏 행동하고요. 진작 이렇게 한마디만 확실하게 했어도 내가 덜 힘들었을 텐데, 왜 그 말 한가디를 못해서 지치도록 살았는지 너무 후회가 돼요."

침묵이 흐른 뒤, 그녀는 천천히 말을 이었다.
"앞으로는 진짜 불쌍했던 나부터 챙기고 돌봐 줄 거예요. 세상에 태어나서 한 번쯤은 나도 대접받고 싶어요."
그녀는 희미하게 웃었지만, 그 결심은 정말 선명했다.

"그래도 평생 착하게 산 게 잘못은 아니겠죠?"
그녀는 상담을 마치며 물었다.
"그럼요. 그건 그 시절을 견디기 위해서 어르신이 만들어 낸 힘이에요. 다만, 이제는 그런 착함이 필요 없을 뿐이에요."
고개를 끄덕이는 그녀의 얼굴엔 처음 보는 표정이 있었다.
누구의 눈치도 보지 않는 얼굴.

이제는 더 이상 착하지 않아도 된다.
착하게만 살아온 사람도 화낼 수 있고, 섭섭할 수 있고, 억울할 수 있다. 그건 나쁜 게 아니라, 당신이 다시 자기중심으로 돌아오고 있다는 신호다.

억울하다며 누군가에게 하소연만 하기보다는, 명확하게 내 '경계선'은 여기부터 여기까지라고 말할 수 있어야 한다.

착함은 사랑받기 위한 방법이 아니라, 이제는 나를 지키는 용기로 바뀌어야 한다.

착함이 아니어도, 당신은 충분히 존재할 가치가 있다.
그것이 당신 인생의 '두 번째 봄날'이다.

2부

반복되는 눈치의 패턴

아버지, 제발 좀 가만히 계세요

70대 남성 어르신은 멍하니 허공을 응시하며 깊은 한숨을 쉬었다.

"나는 이제 아무 쓸모가 없는 사람이 돼 버렸어요. 이제는 가족들한테 귀찮은 짐이나 되고, 그냥 날마다 '잠결에 조용히 죽어야지' 하는 생각밖에는 안 들어요."

그 말속에 서글픔이 생생하게 전해졌다.

이것은 단순한 우울감이 아니었다.
한 인간이 자신의 존재 가치를 완전히 잃어버렸을 때 찾아오는, 깊은 절망이었다.

"평생을 가족만을 위해서 살았는데…, 이제 와서 나를 위
해 뭔가 해 보려고 하니까, 애들이 그래요.
'아버지, 제발 좀 가만히 계세요. 지금 와서 새삼스레 뭘 하
려고 그러세요. 우리 신경 쓰이게 하지 마시고 그냥 조용히
지내세요.'라고…."
그 말을 하는 순간, 그의 눈가가 붉어졌다.

"그 말을 들으니까 '아, 내가 이제 정말로 아무것도 아닌 사
람이 됐구나. 그냥 조용히 있다가 죽는 게 가족들한테 제일
폐를 안 끼치는 거구나.' 그런 생각이 들더라고요."

70년을 지운 삶, 그리고 가족의 말

"언제부터 그런 생각이 드셨을까요?"
나는 조심스럽게 질문을 건넸다.

"나이 들어 이제는 경비도 안 받아 주고 돈을 못 벌게 되니…
나는 이제 쓸모가 없지요."
돈을 버는 것으로 자신의 가치를 측정해 온 처절한 자기 진
단이었다.

그는 장남으로 태어났지만, 부모님은 학교를 보내지 않았다.
"자식을 잘 가르쳐 놓으면 집을 떠나서 안 돌아온다."라는
두려움 때문이었다. 힘든 농사와 남의 집의 온갖 일을 해야
했던 그는 결국, 몰래 기차를 타고 서울로 향했다.

"무작정 떠났어요. 이대로는 안 되겠다 싶어서. 하지만 서
울에 와도 할 줄 아는 게 하나도 없더라고요."
그렇게 막노동의 세계에 발을 들여놓게 되었고, 그것이 그
의 평생 직업이 되었다.

결혼을 하고 자식들이 태어났다.
"내 자식들만큼은 나처럼 못 배운 설움을 겪게 하지 않
겠다."
이 신념 하나로 그는 자신을 완전히 지워 버렸다.

술도, 담배도, 취미생활도, 친구 모임도….

한 번도 시도하지 않았다. 그런 것들은 사치였다.

가족을 위해서라면 당연히 포기해야 할 것들이었다.

"그저 일당을 더 주는 곳을 찾아서 오로지 일만 하며 생활

비 갖다주는 게 인생의 목표였어요."

새벽부터 일어나 일하고, 번 돈을 가족에게 다 주고, 다시

밤늦게까지 일하는 것.

그것이 전부였다.

막노동이라는 특성상 그는 70세까지 일할 수 있었다.

하지만 계속 참고 버티며 일만 한 탓에 암까지 겹치면서 더

이상 일을 할 수 없게 되었다.

"살면서 처음으로 그렇게 쉬어 본 적이, 병원 침대에서였

어요."

칠십 평생을 살아오면서 '쉼'이라는 것을 단 한 번도 경험

해 보지 못했다는 사실.

병원 침대에 누워서 그는 생각했다.

"이제 죽어도 여한이 없다. 애들 공부시키고 결혼시키고
마누라 노후에도 살 만큼 돈도 있으니…. 내 몫은 다했다."
아버지의 의무를 완수했다는 자부심이 그를 평안하게 했다.

하지만 시간이 지나면서 또 다른 감정이 그의 마음을 두드
리기 시작했다.
"나는 이번 생에 태어나서 해 보고 싶은 것도 한 번도 못
해 보고 살았네?"
남편으로서, 아버지로서, 가장의 역할만 있었을 뿐,
'나'라는 개인은 어디에도 존재하지 않았다.

암이 회복되고 몸이 조금씩 나아지자, 그는 생각했다.
'이제라도 늦지 않았다. 남은 인생이라도 진정한 나를 위해
살아 보자.'

그는 어릴 때부터 한이 맺혔던 배움에 대한 갈증을 채우고
싶었다. 그리고 평생 한 번도 타 보지 못한 비행기를 타고
해외여행도 가 보고 싶었다.
작은 것들이었다. 다른 사람들에게는 너무나 평범한 일상

이지만, 그에게는 70년 만에 처음으로 품어 본 '자신만을 위한 꿈'이었다.

가슴이 두근거렸지만 가족들에게 조심스럽게 이야기했다.
"이제 한글 좀 배워 보고 싶은데… 비행기 타고 여행도 한 번 가 보고 싶고…."
그러나 가족들의 반응은 예상과 완전히 달랐다.

아내가 먼저 입을 열었다.
"이제 그 나이에, 무슨 공부를 시작하겠다는 거예요? 그냥 집에서 편하게 쉬어요."
큰딸이 덧붙였다.
"아버지, 솔직히 지금 상황에 여행은 무슨. 몸도 안 좋은데 무리하시면 어떡해요. 병원비도 많이 들었고."
아들은 더 직설적이었다.
"아버지, 인제 그만 가만히 좀 계세요. 뭘 새삼스레 한다고 신경 쓰이게 하는 거예요? 그냥 조용히 지내세요. 우리도 살기 바쁘다고요."

그 말들은 겉으로는 아버지의 건강을 걱정하는 것처럼 들렸지만, 그 이면의 메시지는 명확했다.

'더 이상 우리를 귀찮게 하지 마세요. 그냥 조용히, 아무것도 하지 말고 계세요.'

"평생을, 자식을 위해서 살았잖아요. 하고 싶은 거 하나도 못하고. 오로지 애들 공부시키고 결혼시키고 손주들 용돈 주고…. 그런데 이제 70이 넘어서 처음으로, 진짜 처음으로 나를 위해서 뭔가 해 보고 싶다고 하니까 다들 싫어하는 거예요."

서로 다른 두 개의 아픔

사실 자식들도 쉽지 않은 시기를 지나고 있었다.

큰딸은 올해 마흔여덟. 아들이 수능을 앞두고 있었고, 중학생 딸은 사춘기 한복판이었다.

학원비, 생활비… 돈 나갈 곳은 많은데, 사위가 요즘 회사에 구조조정으로 언제 어떻게 될지 모른다는 불안감에 밤잠을 설쳤다.

아들은 사정이 더 급박했다. 마흔다섯의 나이에 직장에서 간신히 버티고 있었다. 후배들은 더 젊고 유능해 보였고, 자신은 뒤처지는 것 같았다. 얼마 전부터 혈압약을 먹기 시작했고, 당뇨 초기라는 말도 들었다.

‘더 이상 다른 문제가 생기지 않았으면….’
자식들의 마음속에는 이런 간절함이 있었다.
아버지를 사랑하지 않아서가 아니었다. 아버지의 희생을 모르는 게 아니었다. 다만 지금 자신의 삶이 너무 힘겨워서, 더 이상 감당할 여력이 없었던 것이다.

70년 동안 자신을 지우고 살아온 아버지의 아픔.
그리고 중년이 되어 제 삶도 버거운 자식들의 아픔.
둘 다 진짜였다. 둘 다 절박했다.

"애들도 힘들다는 거 알아요. 나도 아버지였으니까. 얘네들이 얼마나 힘든지 다 알지요."
잠시 멈추었다가 그는 덧붙였다.

"그런데, 그래도 한 번만이라도 '아버지도 아버지 인생 사세요.'라는 말을 들어봤으면…."

"지금까지는 가족을 위해서만 살아왔다면, 이제부터는 나 자신을 위해서도 한번 살아 보셔야죠."
상담실에서 들은 이 말을 그는 오래 붙잡았다.
"정말… 그래도 괜찮을까요?"

물론 이런 전환이 하루아침에 일어나지는 않았다.
여전히 가족들의 눈치를 살폈고, 자신의 욕구를 표현할 때마다 죄책감을 느꼈다.
하지만 상담을 거듭하면서 조금씩 용기를 냈다.

70년 만에 시작된 나의 인생

어느 날, 그는 동네 도서관 한글 교실에 등록했다.
"이 나이에 공부를 시작해도 될까요?"
처음에는 망설였지만, 첫 수업을 마치고 온 그의 표정은 달랐다.

"선생님, 나보다 나이 많은 분들도 있더라고요. 그분들이 연습장에 글씨 쓰는 거 보니까 나도 할 수 있을 것 같았어요."

그날 이후, 그는 거의 매일 도서관에 갔다. 한글 교실이 끝나면 도서관 한쪽에 앉아 책을 읽었다.
처음에는 그림이 많은 동화책부터 시작했다. 글자를 하나하나 짚어 가며 읽을 때의 짜릿함을 만끽했다.

"다음 달부터는 캘리그라피 수업도 신청했어요. 한글이 좀 더 익숙해지면, 나중에는 스마트폰 사용하는 법도 신청하려고요. 매번 자식들한테 묻기도 부담스럽고…."
그의 목소리에 설렘이 묻어났다.
70년을 침묵 속에 살았던 한 사람이, 이제야 자신의 목소리를 찾기 시작한 것이다.

어느 날 아들이 전화를 했다.
"아버지, 몸은 괜찮으세요? 도서관 다니신다면서요?"

"응, 괜찮아. 재미있어."
"몸조심하면서 하시는 거면, 한글 공부 잘 하셨어요."
그는 그것만으로도 감사했다.

"이제야 좀 사람답게 사는 것 같아요."
칠십 년 만에 처음으로 '나다움'을 발견한 기쁨이, 그 한마디에 담겨 있었다.

그는 지금도 한글 교실에 다니고 계신다. 캘리그라피도 배우며 자신의 이름을, 좋아하는 문장들을 아름답게 쓰는 법을 익히고 계신다.
해외여행은 아직 가지 못했다. 하지만 매일 아침 도서관에 갈 준비를 하며 설레는 마음, 글씨를 쓰며 느끼는 작은 성취감, 다음에 읽을 책을 고르는 즐거움.
이 모든 것들이 그가 70년 만에 처음 맛보는 '나만의 인생'이었다.

늦었지만, 그래도 시작은 된 것이다.

평생 '쓸모'로만 자신을 정의했던 사람이, 이제는 '나다움'
으로 자신을 바라보기 시작했다.

그 시작만으로도, 그의 삶은 달라졌다.
그것으로 충분했다.

요즘, 사위가 우리 집에 잘 안 와요

일흔이 넘은 노부부 두 분이 나란히 앉았다.

표정은 단정했지만, 눈빛엔 답답함이 깔려 있었다.

"요즘에 우리 사위가 좀 이상해요."

먼저 말을 꺼낸 건 아내였다.

"전에는 주말이면 손자도 같이 보고, 밥도 먹고 그랬는데… 요즘은 집에도 잘 안 들어오고, 나가서 친구들이랑만 어울려요. 딸하고도 말이 없고요. 같이 앉아 있어도 대화가 별로 없어요."

남편분이 덧붙였다.

"도대체 우리가 뭘 잘못했나 싶어요. 애들 힘들까 봐, 애초에 신혼집도 우리 집 옆에 얻어 줬고, 맞벌이하니까 손자는 우리가 다 보고, 살림도 왔다 갔다 하면서 도왔고요. 그렇게 다 해 줬는데…, 사위가 우리를 피하는 것 같아요."

두 분의 말투는 조심스러웠지만, 억울함이 진하게 배어 있었다.

"예전엔 고맙다는 말도 하고 그랬거든요. 근데 이제는 그냥 당연하게 생각하는 것 같고, 딸도 지쳐 보이고…. 사위가 점점 멀어지는 느낌이에요."

사위가 멀어지는 이유

그분들은 정말 많은 걸 해 오셨다.

몸도 마음도 시간도 다 내어 줬고, 모든 게 '딸이 잘살아야 우리도 편하다'라는 마음에서 나온 일이었다.

하지만 그런 정성이 쌓일수록, 어쩌면 사위는 자기 자리를 잃어 가고 있었는지도 모른다.

남편으로서, 아버지로서, 자기 손으로 살림을 꾸리고, 아이를 키우고, 책임을 지고, 그 안에서 시행착오를 겪고 부딪치며 자리를 잡아야 하는데—
그런 기회를 얻기도 전에 부모가 그 자리를 대신 채워 버린 건 아니었을까.

감사함은 점점 당연함이 되고, 그 당연함은 곧 부담이 되고, 부담은 서서히 거리로 나타난다.
사람은 자기 자리가 없다고 느끼면, 몸은 그대로 있어도 마음은 천천히 빠져나간다.

두 분의 마음을 들여다보면 그 안엔 억울함만 있는 건 아니었다. 딸 부부의 삶에 깊이 들어가게 된 데에는 다른 이유도 있었다.

두 분 모두 은퇴하셨고, 하루하루가 조용하게 흘러간다.
하지만 조용함은 어느 순간부터 공허함이 되었다.

하루 종일 집에 머물며 '오늘 뭐 먹지?' 외엔 나눌 말이 적어졌고, 함께 가고 싶은 곳도, 함께 웃는 일도 줄어들었다.

그 빈 시간과 정적이 낯설고 답답해서 자꾸 딸의 집으로 발길이 옮겨졌다.
딸은 아직도 도움이 필요했고, 사위는 어딘가 서툴렀으며, 그 속에서 두 분은 마치 '쓸모 있는 사람'으로 존재할 수 있었다.
그것은 분명한 위안이었지만, 동시에 두 분의 삶을 조금씩 뒤로 미루게 만들었다.

결국, 딸이 없으면 하루가 조용해진다.
그건 딸과 사위를 위한 삶이 아니라, 그들을 빌려 사는 삶이었다.

딸이 놓아 주지 않는 이유

도와주는 것에도 여러 얼굴이 있다.

어떤 도움은 상대의 자리를 빼앗고, 어떤 도움은 자신의 삶을 지운다.

그리고 때로는, 도와주는 사람 자신도 그 관계를 놓지 못하게 된다.

며칠 뒤, 다른 노부부가 상담실을 찾아오셨다.

"딸이 뭐든지 우리한테 맡겨요. 애 봐 달라, 장 좀 봐 달라, 보험도 알아봐 달라⋯. 부부 싸움하면, 또 전화해서 울고⋯"

남편분이 고개를 끄덕이며 말했다.
"이제는 지칩니다. 뭘 안 도와주면 괜히 마음이 쓰이고, 계속해 주자니 우리 인생은 없는 것 같고."

딸과 사위는 결혼 초부터 살림이며 육아까지 말 그대로 같이 살아온 느낌이었다.
"그땐 당연하다고 생각했어요. 그런데 이제는 그게 습관이 돼 버렸어요."

딸과 사위는 부부로서 둘만의 삶을 살아 본 경험이 거의 없었다. 싸우면 중간에 부모가 있었고, 살림에 어려움이 생기면 부모가 해결해 줬고, 애 키우는 일도 거의 함께 해 왔다. 그러다 보니 둘만 남았을 때, 그 시간을 어떻게 채워야 하는지 모르고 있는 거였다.

그래서 이제 두 분이 "우린 좀 쉬자" 하고 한발 물러서려 하자, 딸과 사위는 당황하고 다시 부모를 부르기 시작했다. 조금만 거리가 생겨도 불안하고, 조금만 다투면 다시 엄마 아빠를 찾고, 문제가 생기면 스스로 풀기보다 익숙한 손을 다시 붙잡게 되는 거다.
그게 철없어서가 아니라, 처음부터 그렇게 살아온 부부였기 때문에, 자기 세계를 만들어 본 적이 없어서였다.

두 분도 이제는 다리가 아프고, 병원도 다니고, 가끔은 둘이서 조용히 여행도 다녀오고 싶다고 하셨다.
하지만 그 말 한마디 꺼내기가 그렇게 어려웠다.
"그동안 너무 오래 그렇게 살아와서, 이제 우리가 거절하면 딸이 상처받을까 봐 무서워요."

그 말엔 미안함도, 후회도, 어쩌면 조금의 억울함도 섞여 있었다.

그분들이 바랐던 건 자식과 완전히 끊어지겠다는 것도 아니었다. 그저 이제는 당신들만의 삶도 있어야 하지 않겠느냐는 것이었다.

이제, 우리 둘만의 시간

위의 두 사연은, 정반대처럼 보인다.

어떤 부모는 애써 도와주다 사위의 자리를 잃게 했고, 어떤 부모는 애써 도와주다 자기 인생을 잃어버렸다.

하지만 깊이 들여다보면 같은 뿌리를 가진 이야기다.
한쪽은 자리를 놓지 못하고, 한쪽은 자리를 비우지 못한다.

두 경우 모두, 핵심은 '지금 여기, 우리'라는 것이다.
딸과 사위가 아니라, 이제는 두 분이 어떤 관계를 다시 시작하느냐가 진짜 상담의 주제였다.

함께 살아왔지만, 실은 너무 오래 '부모'로만 존재해 왔던 두 분. 이제는 다시, 서로의 아내로, 남편으로 마주 앉을 시간이 되었다.

지금까지는 부모로 살아왔지만, 이제는 서로의 사람으로 다시 살아가야 할 시간이 남아 있다.

말수가 적더라도 함께 앉아 있는 시간을 견디는 법, 같이 무언가를 해 보는 연습, 작은 웃음을 나누는 순간들.

그게 처음엔 어색할지 모르지만, 시간이 지나면 그게 진짜 두 분의 삶이 된다.

혹시 지금 누군가의 삶에 너무 깊이 들어가, 자신의 자리를 잃어버렸다면—

혹은 누군가에게 너무 많이 의지하느라, 자기 몫의 시간을 만들어 보지 못했다면—

이제는 조금씩 자기 자리를 찾을 시간이다.

부담 없이, 그러나 조금은 의식하며, 다시 자신의 삶을 살아 볼 수 있기를 바란다.

그 자리가 비워 두었다고 없어지는 건 아니다.

당신이 다시 돌아가기만 하면 된다.

"지금, 나는 내 자리에 서 있는가?"

내 자식인데 질투가 날 때가 있어요

60대 후반 어르신이 한참을 머뭇거리셨다.
마침내 나온 그 첫마디는 예상치 못한 것이었다.

"며느리를 질투하고 있는 것 같아요…."

며느리가 들어오기 전까지, 그녀는 늘 다짐해 왔다.
자신이 시집살이를 혹독하게 했던 단큼, 며느리에게는 좋은 시어머니가 되어 주겠다고.

그런데 며느리가 오자 집안의 모든 것이 바뀌었다.
무뚝뚝하기만 했던 남편이 며느리에게는 다정했다.

자신에게는 늘 무심했던 아들이 며느리 앞에서는 다른 사람이 되었다.

외식을 할 때도 며느리가 가고 싶어 하는 곳으로 갔다.

이박 삼일 여행을 갈 때도 마찬가지였다.

"제주도에 가고 싶었는데, 며느리가 속초 바다가 좋겠다고 하니까…. 제 의견은 묻지도 않더라고요."

처음에는 그저 '며느리가 적응할 때까지'라고 생각했다.

하지만 시간이 지날수록 자신은 점점 투명 인간이 되어 가는 것 같았다.

"집에서, 내가 누군지 모르겠어요."

며느리가 부러웠던 마음

가정이라는 공간에는 눈에 보이지 않는 감정의 흐름이 있다.

마치 강물처럼 자연스럽게 흘러가야 할 애정과 관심이 어느 순간 다른 방향으로 흘러가기 시작한다.

남편이 아내에게 주지 못한 따뜻함이 며느리에게로 향한다. 아내가 남편에게서 받지 못한 인정이 아들한테서 찾아진다.

이런 일들이 일어날 때, 정작 당사자들은 자신이 무엇을 하고 있는지 모른다.

그저 자연스럽게, 며느리가 예뻐서, 아들이 든든해서라고 생각한다. 하지만 그 뒤에는 채워지지 않은 갈증이 숨어 있다.

그녀는 자신이 뭔가 부족한 사람이다 보니 이런 일이 벌어지는 것으로 생각했다.

"한평생 헌신하며 살아온 내가 며느리만큼도 대우받지 못하는 건, 며느리보다 부족해서인가?"

이러한 비교가 시작되자 자존감은 더욱 떨어졌다.

그러면서도 며느리를 질투하는 자신이 못난 시어머니인 것 같아 괴로웠다.

딸이 미웠던 순간

두 번째로 찾아온 분의 고민은 조금 달랐다.

"딸을 질투하고 있어요…."

그녀에게는 평생의 상처가 있었다. 남편이 딸을 너무 예뻐했던 것이다.

딸이 갖고 싶어 하는 비싼 브랜드 옷은 주저 없이 다 사 주고 과한 투정도 다 받아 주면서, 정작 아내인 자신이 작은 것이라도 요청하면 그냥 흘려듣고 별다른 반응이 없었다.

물론 딸도 이미 어릴 때부터 이러한 집안 분위기를 파악했다. 그래서 뭔가가 필요할 때마다 엄마가 아닌 아빠에게 갔다. 아빠를 통해 원하는 것들을 모두 얻어 냈다.

"그때는 참, 꼴 보기 싫었어요."

그런 딸이 결혼을 했다. 남편을 닮아 가정적인 사위는 역시나 딸을 공주처럼 떠받들었다. 딸이 원하는 것은 무엇이든 들어주었다.

그녀도 처음에는 기뻤다. 딸이 행복해 보여서.

하지만 시간이 지날수록 다른 감정들이 올라왔다.

"나는 평생 남편 뒷바라지만 하고 살았는데, 딸은 저렇게 떠받들어지며 사네."

딸이 사위한테서 받은 선물 이야기를 할 때마다, 입으로는 "좋겠다."라고 말했지만, 마음 한구석에서는 다른 목소리가 들렸다.

"너는 전생에 좋은 일을 많이 해서 복을 타고났나 봐. 나는 무슨 죄를 지어서 이 모양인지…."

"남자들이 잘해 줘 봤자, 다 거기서 거기야. 날씨도 계속 맑은 날은 없으니까…."

대화하다 보면 자신도 모르게 딸의 기분을 꺾는 말들이 나왔다. 한두 번이 아니었다.

딸은 점점 엄마에게 자신의 이야기를 하지 않게 되었다.

그러면서 연락도 뜸해졌다.

'아무것도 안 하는 딸도 저렇게 사랑받는 걸 보니, 역시 나는 많이 모자란 사람이구나.'

이런 생각이 들 때마다 자책했다. 자식을 질투하는 자신이 못난 부모인 것 같아 괴로웠다.

두 어르신의 이야기는 겉보기에는 다르지만, 깊은 곳에서는 닮아 있었다.

남편이 아내에게 주지 못한 것을 며느리에게, 혹은 딸에게 주고 있었다.

정작 중심이 되어야 할 '부부 관계'는 뒤로 밀려나고, 그 자리를 며느리가, 딸이 차지해 버렸다.

그림자를 인정할 때 찾아오는 빛

'질투'라는 감정은 마음 깊은 곳에 사는 그림자 같은 존재다. 누구나 가지고 있지만 인정하고 싶지 않은, 어둠 속에 숨겨 둔 또 다른 자신이다.

우리는 착한 엄마, 좋은 시어머니가 되려고 애쓴다.

하지만 마음 한구석에는 "나도 사랑받고 싶다", "나도 인정받고 싶다"라는 목소리가 계속 울린다.

그 목소리가 너무 크게 들릴 때, 우리는 당황한다.

이런 마음을 가진 자신이 나쁜 사람인 것처럼 느껴지기 때문이다.

두 분 모두 처음에는 같은 말씀을 하셨다.

"다들 자식들 위해 주고 잘만 지내는데, 나만 이런 건가요?"

가족 이야기는 밖에서 하는 것이 아니라는 게 우리나라 문화다. 그래서 모든 사람은 다 잘 지내는데, 자신만 문제가 있는 것처럼 느껴진다.

하지만 상담을 받으면서 알게 되었다. 생각보다 많은 사람들이 이런 마음으로 힘들어하고 있다는 것을.

이런 가족 관계가 절대 드물지 않다는 것을.

"아, 나만 그런 게 아니구나."

그 깨달음만으로도 마음이 한결 가벼워졌다.

상담이 깊어질수록 더 중요한 변화가 일어났다.

처음에는 "이런 마음을 가져서는 안 된다"라고 자신을 다그쳤다. "질투심을 없애야 한다."라고 다짐했다.

하지만 그럴수록 마음은 더 무거워졌다.

그러한 노력과는 반대로, 두 분의 진짜 변화는 전혀 다른 곳에서 시작되었다.

"그래, 이런 마음이 들 수도 있어. 괜찮아."

자신의 감정을, 있는 그대로 받아들이기 시작했을 때였다.

평생 "이래야 한다", "저래야 한다"라는 목소리에 따라 살아오면서, 정작 진짜 마음은 들여다보지 못했다.

착한 엄마가 되어야 한다는 가면 뒤에서는, 한 인간의 솔직한 감정들이 웅크리고 있었다.

그 감정들을 인정하는 것이 나쁜 엄마가 되는 것이 아니라, 오히려 더 진실한 엄마가 되는 길이었다.

신기하게도 가족들이 달라진 건 없었다. 남편도, 아들도,

며느리도, 딸도 예전과 똑같았다.

하지만 두 어르신 마음속에서 끓어오르던 분노와 화가 많이 줄어들었다.

"마음이… 좀 편해졌어요."

마음에 여유가 생기자 비로소 다른 것들이 보이기 시작했다.

며느리를 질투했던 어르신은 며느리의 다른 모습들을 발견했다. 며느리 나름대로 시댁에서 조심스럽게 지내려고 애쓰고 있었다는 것을.

딸을 질투했던 어머니는 딸에게 더 넉넉한 마음으로 다가갈 수 있게 되었다. 비꼬는 말 대신 진심으로 축하해 줄 수 있는 여유가 생겼다.

그제야 마음을 짓누르던 질투가 조금씩 풀려갔다.

내가 받지 못한 사랑을 자식이 받는다고 해서, 내 몫이 줄어드는 것이 아니었다.

오히려 자식이 사랑받는 모습을 보며 마음이 따뜻해지는 것이, 진짜 부모의 마음이었다.

질투심을 없애려고 애쓰지 않아도 되었다.

다만 그 마음이 내 마음속에 있다는 것을 인정하는 것만으로도 충분했다.

진정한 변화는 마음을 억지로 바꾸려 할 때가 아니라, 지금 내 마음을 좋은 감정이든 안 좋은 감정이든, 있는 그대로 받아들일 때 시작되었다.

그때 마음에 잔잔한 평화가 찾아왔다. 그리고 그 평화 속에서 상대방도 받아들일 수 있는 여유로움이 생겨났다.
그렇게 우리는 '진짜 어른'의 자리에 한 걸음 더 가까워진다.

내가 제일 열심히 살았는데, 왜 나만 못 살지?

"너무 외로워요. 6남매인데 연락하는 형제가 한 명도 없어요."

70대 어르신의 한숨과 함께 나온 한마디였다.
6남매가 모두 같은 지역에 살고 있다고 하셨다. 그렇다면 혹시 가족 간에 큰 사건이나 갈등이 있었던 것일까?

"특별한 일은 없었어요. 그냥… 점점 연락이 안 되더라고요."

그녀는 어릴 때부터 6남매 중에서 가장 모범적이었다고 했다. 성실했으며, 무엇보다 자신이 옳다고 생각하는 삶의 기준이 확고했다.

"나는 정말 쉬는 날도 없이 살았어요. 돈도 함부로 안 쓰고, 놀러도 안 다니고, 한순간도 빈틈없이 악착같이 살았거든요."

그래서 다른 형제들이 좀 느슨하게 사는 것 같으면 답답했다. 그러다 보니 늘 이런 말을 했다.

"그렇게 살면 안 된다, 더 열심히 해야 한다, 미래를 생각해야 한다."

형제들도 처음에는 고개를 끄덕였다.

"맞아, 누나(언니) 말이 맞아."

명절이나 휴가 때면 서로 만나서 이런저런 이야기도 나누고, 가끔 갈등이 생기더라도 금세 화해했다. 그렇게 수십 년을 별 탈 없이 지냈다.

가장 성실했던 내가 가장 가난하다

그런데 중년이 넘어가면서 상황이 바뀌기 시작했다.

그녀는 남편이 퇴직 이후에 생활비가 줄어들었고, 경제적으로 조금씩 어려워졌다. 그동안 큰돈을 모아 둔 것도 아니었다. 빠듯한 월급에서 아끼고 아끼며 살았지만, 자식들 키우다 보니 늘 그 자리였다.

한 형제는 그녀가 무모하다며 말렸지만, 결국 부동산 투자를 시작해 큰 수익을 얻었다.

또 다른 형제는 작은 식당을 운영하며 부부가 꾸준히 일해 온 덕분에 생활이 점점 안정되었다.

어떤 형제는 자녀들이 성공하면서 노후에 경제적으로 여유를 누리게 되었다.

결국, 그녀는 평생을 그렇게 애쓰고 노력했음에도 6남매 중에서 가장 어려운 상황에 놓이게 되었다.

이때부터 마음속에 무언가가 끓어오르기 시작했다.

"이게 말이 돼? 내가 제일 열심히 살았는데 왜 나만 이렇게 살지?"

하지만 이 분노를 어디로 향해야 할지 몰랐다.

늘 애쓰며 성실하게 살아온 자신에게 화를 낼 수는 없었다.

그렇다고 운명을 탓할 수도 없었다. 그렇게 살아온 사람이었으니까.

화살은 형제들을 향했다

그래서 어떻게 되었을까?

형제들을 보는 그녀의 눈이 달라지기 시작했다. 예전에는 그냥 넘어갔던 것들이 이제는 거슬렸다.

"쟤는 원래 덜렁덜렁해서 앞으로 어찌 될지 몰라."

"오빠는 어쩌다 운이 좋아서 그런 거지, 자기 실력은 별로잖아."

"언니는 어릴 때부터 성격이 좀 그랬어. 매사에 끈기 있게 끝까지 하는 법이 없어."

만날 때마다 이런 말들이 나왔다. 처음에는 농담처럼 시작했지만, 점점 날이 서기 시작했다.

형제들의 반응은 처음에는 관대했다.

"누나(언니)가 요즘 힘드시나 보다."
하지만 나이가 들고, 각자 자식들이 결혼하고, 손주들이 생기면서 상황이 달라졌다. 더 이상 형제의 비난을 참아 줄 이유를 느끼지 못했다.

"굳이 형제한테 매달려서 이런 말을 들어야 하나?"
다들 자기 가족에게 집중하기 시작했다. 연락이 뜸해졌고, 만남도 줄어들었다. 그러면서 점점 관계가 멀어졌다.
그녀는 이것마저도 형제들 탓으로 돌렸다.
"내가 힘들 때 가족도 돌아보지 않는 매정한 사람들이야."

감정의 진짜 주인을 찾다

상담이 이어지면서 한 가지 흥미로운 점이 드러났다.
그녀가 형제들을 비난할 때 사용한 말들은, 사실 그녀 자신에게 하고 싶었던 말이었다.

• 덜렁덜렁하다는 말 뒤에는, 정작 그녀가 모든 것을 예민

하게 통제했던 마음이 숨어 있었다.

- 운이 좋아서였다는 말 뒤에는, 사실 남의 성취를 있는 그대로 받아들이기 어려운 불편함이 있었다.
- 끈기가 없다는 말 뒤에는, 오히려 그녀가 융통성 없이 버티는 방식에 갇혀 있었다.

하지만 이런 생각을 자신에게 직접 향하게 할 수는 없었다. 그렇게 되면 애쓰며 살아온 모든 것이 무너져 버릴 것 같았으니까.

그래서 무의식적으로 그 감정을 다른 곳으로 돌렸다.

형제들에게로.

이것은 우리 마음이 자신을 보호하려고 하는 자연스러운 반응이다.

내가 나에게 느끼는 불만이나 화를 직접 감당하기 어려울 때, 우리는 그 감정을 다른 사람에게 돌려서 표현한다.

마치 그 사람이 그 감정을 불러일으킨 것처럼.

"그 사람 때문에 내가 화가 난다"라고 생각하는 것이, "내가 나 때문에 화가 난다"라고 인정하는 것보다 훨씬 쉽기 때문이다.

하지만 이런 방식으로는 진짜 문제가 해결되지 않는다. 오히려 관계만 망가뜨린다.

상담에서 그녀가 가장 힘들어했던 순간은 이 사실을 가슴으로 깨달았을 때였다.

"그럼… 내가 형제들한테 화를 낸 건, 사실 그들 때문이 아니었다는 거예요?"

그렇다.

진짜 화를 표현할 대상은 자기 자신이었다.

"왜 나는 이렇게 열심히 살았는데도 잘 안될까?"

"내가 뭘 잘못했을까?"

"내 인생이 이게 다인가?"

이런 자신에 대한 실망과 분노를 형제들에게 돌려서 표현한 것이었다.

처음에는 받아들이기 어려워했다. 그동안 자신이 옳다고

생각했던 모든 것들이 흔들리는 것 같았으니까.

하지만 이 사실을 받아들이기 시작하자, 마음이 조금씩 편해졌다. 형제들에 대한 그 뜨거운 분노가 많이 식었다.
"이제는 그냥… 형제들이 잘 사는 게 고마워요. 내가 걱정할 일이 줄어든 셈이니까."

형제들이 달라진 건 없었다. 여전히 연락도 안 하고, 만나지도 않았다.
그런데 그녀의 마음에서는 원망과 분노 대신 다른 감정이 자라나기 시작했다.
"내가, 인생을 너무 팍팍하게 살았나?"

우리는 살아가면서 자신의 불만을 다른 사람 탓으로 돌리곤 한다.
친구의 성공을 시샘하거나, 행복한 부부를 비난하거나, 자식의 부족함을 남 탓으로 돌리는 것도 결국 같은 이치다.

진짜 변화는 그 감정의 진짜 주인을 찾아가는 데서 시작된다.

"아, 이 화는 사실 저 사람 때문이 아니라 내 마음에서 나온 거구나."

이걸 인정하는 순간, 상대방을 바꾸려고 애쓰지 않아도 된다. 상대방이 달라지기를 기다리지 않아도 된다.

내 마음만 달라지면 된다.

그리고 그 순간, 모든 관계가 훨씬 편해진다.

가진 것을 외면하고, 부족함만 세었던 시간

60대의 그녀가 상담실 문을 열었을 때, 나는 그 건조한 말투 속에 숨겨진 깊은 외로움을 느꼈다.

"나는 참 인복이 없는 사람인 것 같아요.
주변에 나보다 못한 사람들도 친구들이 많고 모임도 하면서 즐겁게 사는데, 나는 잘해 줘도 늘 내 옆에 사람이 없어요."

'나보다 못한 사람들도…'라는 표현에서, 나는 그녀가 평생 자신을 어떻게 바라보며 살아왔는지 짐작할 수 있었다.

부족함만 보며 자란 둘째 딸

그녀는 아들을 원하던 시대에 태어난 둘째 딸이었다. 아버지는 딸 둘을 적극적으로 지지했지만, 어머니는 달랐다.
아들 없는 설움을 큰딸에게 의지하며, 언니를 아들처럼 받들었다.

언니는 그 기대에 부응했다. 예쁜 외모에 활달하고 적극적인 성격으로 "우리 큰딸만 있으면 아들 부럽지 않다"라는 말을 들으며 자랐다.
그런 언니를 보며, 그녀는 열등감을 느꼈다.
언니보다 못생기고, 예민하고 내성적인 자신.

엄마의 눈치를 살피며 주눅 들어 지냈던 그녀가 부모님의 관심을 받을 수 있었던 건 오직 '공부'뿐이었다.
그녀는 친구들과 어울리는 대신 방 안에서 혼자 공부했다.
늘 일등이었고, 칭찬받았다.

좋은 대학을 나와 대기업 연구원이 된 그녀는 같은 직장의 남자와 결혼했다. 그는 그녀가 가지지 못한 것들—잘생긴 외모, 활달한 성격을 가진 사람이었다.

하지만 그 장점은 외도로 이어졌다.

경제적인 능력이 있었던 그녀는 참을 이유가 없다고 판단했다. 딸이 네 살이 되던 해, 이혼을 했다.

당시 사회 분위기상 친권자인 아버지가 아이를 양육했다. 딸과 헤어져야 했던 그녀는 다짐했다.

'나중에 딸이 성인이 되면 다시 만나자. 그때 딸에게 부끄럽지 않은, 능력 있고 똑똑한 엄마가 되어 있자.'

그래서 그녀는 더욱 경력을 쌓는데 몰입했다.

기대했던 만남, 엇갈린 마음

그 시절에는 이혼이라는 사희적 낙인이 따라다녔다. 친목 모임에서는 늘상 남편과 자식들 이야기를 했고, 그녀는 그저 듣고만 있어야 했다.

헤어진 딸을 생각하면 늘 마음 한쪽이 아려 왔다. '바쁘다'

라는 핑계로 모임에서 빠지기 시작했다.

예민하고 내성적인 성격에 이런 상황들이 더해지면서 우울증이 찾아왔다. 그녀는 30년째 약을 복용 중이라고 했다.

직장에서는 승진을 거듭했고, 젊은 시절 남자들의 호감 표현도 있었지만 모두 거절했다.

'훗날 만난 딸이 엄마의 재혼 사실에 실망할까 봐.'

평생 독신으로 살며 딸에게 물려줄 집을 마련했다.

하지만 그 시간 동안 그녀는 점점 더 사람들과 '관계 맺는 법'을 잃어갔다.

딸이 성인이 되자 연락을 시도했다. 처음 몇 번의 만남 후, 그녀는 혼란스러웠다.

그동안 상상했던 딸의 모습과 실제 딸은 완전히 달랐다.

아빠를 닮아 예쁘고 활달할 거라는 상상. 하지만 현실의 딸은 평범한 외모에 예민하고 내성적인 성격—꼭 자신을 닮아 있었다.

'내 빈자리가 딸의 인생을 망쳤구나.'

그녀는 조급해졌다. 친해질 시간도 없이 '엄마 역할'에만 집착했다. 매번 비싼 옷, 신발, 가방을 사다 나르고, 딸의 말투와 성격까지 고치려 했다.

하지만 딸은 그런 엄마가 부담스럽고 질렸다. 엄마가 자신을 바라보는 눈빛이 불편했고, 무엇을 해도 충분하지 않은 것 같았다.

오랜 시간을 기다린 모녀는 서로를 '있는 그대로' 볼 수 없었다. 엄마도 딸에게, 딸도 엄마에게 실망했다. 점차 연락이 뜸해지더니, 지금은 2년째 연락이 끊긴 상태다.

이제는 당당해져도 괜찮아요

상담을 통해 그녀는 자신을 조금씩 이해하게 되었다.
인정받는 데는 익숙하지만, 깊은 관계는 두렵고, 혼자 있을 때가 안전하다고 느끼는 사람.
평생 그렇게 살아왔던 자신을.

"나는 딸을 정말 사랑하는데…, 왜 이렇게 대하기가 서툰 걸까요."
그 말속에 오래 참아 온 그녀의 마음이 묻어났다.

"당신은 오랫동안 혼자서 모든 것을 계획하고 통제하며 살아왔어요. 좋은 대학, 좋은 직장. 큰 어긋남 없이 살았기에 예상치 못한 상황으로 힘들어할 일이 별로 없었어요."
그녀가 조용히 고개를 끄덕였다.

"하지만 부모·자식의 관계는 달라요. 자식은 내 예상대로 되지 않는다는 걸 순간순간 뼈저리게 느끼게 되죠. 가슴 아프고 고통스럽기도 해요. 그렇지만 기쁨과 감동을 느끼는 수많은 순간이 그 고통을 다 덮어 줘요. 그래서 부모와 자식의 관계가 세상에서 그렇게 끈끈한 거예요."

"당신은 지금, '진짜 관계'를 시작하고 있는 겁니다."

나는 딸의 마음도 함께 비추어 보았다.
"딸도 엄마를 그리워했을 거예요. 그런데 다시 만났을 때,

엄마의 눈빛에서 실망을 읽었어요. '나는 엄마가 원하는 모습이 아니구나. 또 버려질까 봐 무섭다….' 그렇게 느꼈을 거예요."

그녀의 눈시울이 붉어졌다.
"맞아요. '왜 이 정도밖에 안 되니.' 그렇게 보고 있었던 것 같아요."

나는 말을 이어갔다.
"어려서부터 언니와 비교당하며, 더 잘해야 한다는 생각이 당신을 긴장시키고 주눅 들게 했어요.
그러다 보니 자신한테 '부족한 것'만 보며 늘 남의 눈치를 살폈죠. '내가 부족한가?', '내가 실망시키는 건 아닐까?' 그렇게 불안해하면서요."

"딸을 만났을 때도 같은 마음이었을 거예요. '나처럼 힘들지 않았으면….' 하는 마음이 너무 크니까, 부족한 부분이 먼저 보였던 거예요.
하지만 당신은 가진 게 정말 많아요. 평생 자신의 중심을 지켰고, 성실하게 일해서 딸에게 줄 집까지 마련했죠. 무엇보다 딸을 향한 깊은 사랑이 있어요."

그녀의 눈가가 촉촉해졌다.
"그동안… 그런 생각을 한 번도 해 본 적이 없어요."
그녀는 처음으로 편안한 표정을 지었다.

"자신에 대해 떳떳하고 당당하게 생각한다면, 딸의 눈치를 살필 필요도 없고, 딸이 주눅 들어 살까 봐 두려워하는 마음도 줄어들 거예요."

그녀의 입가에 옅은 미소가 떠올랐다.

"내가 좋은 점을 가진 것처럼, 딸도 좋은 점을 가지고 잘 살아갈 거예요.
너무 완벽한 엄마가 되려고 하지 마세요. 천천히, 한 걸음씩 다가가면 됩니다. 그러면 모든 게 더 애쓰지 않아도 자연스럽게 흘러갈 거예요."

인복은 하늘이 주는 게 아니라, 만들어 가는 것이다.
자신을 당당하게 바라보고, 다른 사람을 있는 그대로 받아
들일 때, 관계는 자연스럽게 이어진다.

그녀는 이제 그 시작점에 서 있다.
자신의 가진 것들을 보기 시작한다면, 딸도 자연스럽게 엄
마의 그 좋은 점들을 보게 될 것이다.

그리고 그 순간, 엄마와 딸은 '있는 그대로'의 모습으로 서
로를 마주하게 될 것이다.

30년을 종교에 헌신했는데, 왜 나아진 게 없을까요?

75세 어르신이 상담실에 오셨을 때, 그녀의 표정에는 깊은 혼란이 담겨 있었다.

"내가 30년 넘게 그곳에 헌신적으로 활동해 왔는데, 왜 내 삶이 나아지지 않는 걸까요?
일주일에 서너 번은 빠짐없이 종교 활동과 모임에 참석하고, 종교 기부도 성실히 해 왔어요. 자식들이 보내 주는 생활비를 쪼개서 갖다 바쳤어요. 이제는 통장 잔고도 얼마 남지 않았어요."

그녀의 눈가가 붉어지며, 목소리가 떨렸다.

"그런데 30년이 지난 지금, 내 삶에서 나아진 건 아무것도 없어요. 너무 괴로워요."

현실이 사라지고 가족은 멀어지고

처음 그 종교 단체를 찾아간 것은 아이들이 다 커서 집을 떠난 후였다. 갑자기 찾아온 빈 둥지 증후군처럼 마음이 헛헛했다.
갱년기도 겹쳐서 몸도 마음도 힘들었고, 남편과의 관계도 심각하게 나빠져 있었다.

동네 이웃의 권유로 함께 간 그곳은 모두가 따뜻하게 맞아 줬고 서로 위로해 주는 분위기가 좋았다.
처음 몇 달은 마음이 조금 편해지는 것 같았다. 그런데 시간이 지나면서 달라지기 시작했다.

종교 지도자는 반복해서 말했다.
더 헌신해야 한다고. 이 정도로는 부족하다고.

그녀는 자신이 아직 부족해서 불행한 거라고 생각하기 시
작했다. 더 열심히 활동하면, 더 많이 기부하면 모든 것이
나아질 거라고 믿었다.

종교 활동에 몰두하면 할수록 정작 자신의 진짜 문제는 들
여다보지 않게 되었다.
왜 외로운지, 남편과의 갈등을 어떻게 풀어야 하는지, 아이
들이 떠난 허전함을 어떻게 받아들여야 하는지. 이런 것들
을 생각할 시간이 없었다.
아침부터 저녁까지 일정이 가득했으니까.

이렇게 열심히 하면 모든 소원을 이루어 줄 거라는 막연한
기대에 몰입했다. 하지만 현실은 점점 더 궁핍해지고 상황
은 악화되었다.

자식들이 걱정하기 시작했다. 어머니가 생활비의 상당 부
분을 단체 기부금으로 내고, 병원비를 아끼면서까지 기부
를 계속한다는 것을 알았다.
지금 형편도 넉넉하지 않은데 자꾸 큰돈을 기부하니 생활

에 문제가 생기기 시작했다.

자식들이 조심스럽게 말했지만, 그녀는 화를 냈다.
"내 돈으로 내가 하는 데 무슨 상관이야? 너희가 이만하게
사는 것도 다 그 덕분이야."

그때부터 또 다른 고통이 시작되었다.
그녀는 자식들에게도 같은 길을 강요하기 시작했다. 전화
할 때마다 함께 나오라고 했다. 자식들과의 대화는 점점 종
교 이야기로만 채워졌다.
손주 이야기, 건강 이야기, 일상적인 대화는 사라졌다.
자식들은 하나둘 연락을 줄이기 시작했다. 명절에도 얼굴
보기 힘들어졌다.

다른 사람의 경계를 넘어 자신의 신념을 강요하면, 관계는
멀어질 수밖에 없다.

완벽해야 한다는 강박

30년 동안 종교 단체에서 반복해서 들었던 가르침이 있었다.

화를 내면 안 되고 미워하면 안 된다. 불평하면 안 되고 항상 감사해야 한다. 완전해야 한다.

그녀는 정말 그렇게 살아 내려 애썼다. 화가 나도 참았고 억울한 일이 있어도 그냥 넘어갔다.

종교 단체에서 불공정한 일을 봐도 절대 드러내지 않았다. 자신이 신앙인인데 어떻게 그런 마음을 가질 수 있냐고 자책했다.

겉으로는 늘 웃었고 친절했고 순종적이었다.

어느 날 아주 사소한 일로 폭발했다. 그 단체에서 역할을 정하는 문제였는데, 몇 년째 자신만 자꾸 힘든 일을 맡는다고 느껴졌다. 그동안 힘들어도 내색 안 하고 잘 참아 왔는데 그날은 정말 참을 수가 없었다.

그날 터뜨린 분노는 역할 때문만은 아니었다. 30년 동안 억눌러 왔던 모든 감정이 쓰나미처럼 쏟아진 것이었다.

갱년기 때부터 느꼈던 상실감이 있었다. 남편과의 갈등에서 오는 외로움, 자식들의 독립 후에 느꼈던 허전함, 점점 멀어진 서운함도 쌓여 있었다.
많은 것을 바쳤는데도 달라지지 않는 삶에 대한 실망이 컸다. 종교 단체에서 느꼈던 불공평함도 있었고, 완벽해야 한다는 끝없는 압박감도 있었다. 이 모든 것이 한꺼번에 터져 나온 것이다.

부정적인 감정을 계속 억누르고 지내다 보면, 결국 별것 아닌 일에 무의식적으로 폭발한다.

할 말도 못 하고 겉으로만 웃으며 친절한 관계를 십 년, 이십 년 이상 지속해 봤자, 결국에는 사소한 문제에서 억압된 감정이 폭발하면서 오히려 상황이 더 악화되는 것이다.

진짜 변화를 만들어 가기

종교에 헌신하면서 그녀가 진짜 원했던 건 누군가 곁에 있어 주는 일이었다. 믿음이 아니라, 온기가 필요했다.

진짜 필요했던 것은 남편과 솔직한 대화였다. 자식들과 자연스러운 만남이었고, 친구들과 따뜻한 교류였다.
자신의 감정을 정직하게 표현하는 것, 갱년기 이후의 상실감을 충분히 받아들이는 것이었다.
하지만, 이 모든 것을 외면한 채 오직 종교 활동으로만 채우려고 했다. 현실의 문제는 들여다보지 않으면서 막연한 미래에 대한 기대에만 몰입했다.

종교 기부는 자신의 생활을 위협하지 않는 선에서 하는 것이 좋다. 종교 활동도 중요하지만, 자신의 건강과 휴식도 중요하다는 것을 인정해야 한다.
자식들에게 같은 신앙을 강요하지 않고 그냥 평범한 어머니로서 연락하는 것이 필요하다.
화가 나고 불편한 감정이 들 때, 자신이 부족해서라고 자책하지 않아야 한다.

처음에는 두려워했다. 그러면 자신이 신앙이 부족한 사람이 되는 것 아니냐고 물으셨다.
그렇지 않다. 진짜 성숙은 자신의 연약함을 인정하는 데서 시작된다.

몇 달 후, 그녀는 딸이 주말이면 집에 온다고 했다. 전화할 때 종교 이야기는 하지 않고, 그저 보고 싶다, 밥 먹자고 했더니 온다고 했다는 것이다.
그 목소리에는 처음으로 진짜 기쁨이 담겨 있었다.
기부금도 줄였고, 단체에서 버거운 역할을 맡게 되면 바꿔달라고 말할 수도 있게 되었다.
그녀는 여전히 종교 활동을 한다.

우리는 힘들어지면 무언가에 의존하고 싶어진다.
그것은 자연스러운 일이다. 하지만 그 의존이 현실을 직접 마주하는 일을 대신하게 되면 문제가 생긴다.
관계의 어려움을 종교 활동으로 덮으려 하면, 정작 관계는 더 멀어진다.

경제적인 어려움을 기부나 기도로만 견디려 하면, 생활은 점점 더 빠듯해질 수밖에 없다.

진짜 필요한 것은 용기를 내어 현실을 직면하고, 내 현실에 실제적인 변화를 만들어 가는 것이다.

이를 위해서는 먼저 '나는 지금 외롭다. 두렵다. 완벽하지 않고 빈틈도 많은 사람이다.'라는 사실을 인정해야 한다.

그 감정들을 외면하지 않고 들여다보고 받아들일 때, 변화는 행동으로 이어진다.

종교는 현실에서 도망치게 하는 도피처가 아니라, 삶을 버티게 해 주는 힘이어야 한다.

믿음의 이름으로 자신을 지우지 않고, 그 믿음 덕분에 자신을 회복할 수 있을 때, 신앙은 우리를 자유롭게 만든다.

하소연하는 엄마가 만든 가족의 그림자

남편이 먼저 상담실에 들어왔다.

"선생님, 제 아내 좀 만나 주실 수 있을까요?"

그의 얼굴엔 지친 기색이 역력했다.

"매일 똑같은 말만 해요. '내가 얼마나 고생했는데',

'너희들은 날 몰라줘…' 처음엔 미안했어요.

그래서 들어줬죠. 그런데 10년이 지나도, 20년이 지나도

똑같아요."

그가 한숨을 쉬었다.

"이젠 무슨 말을 해도 소용이 없어요. 뭘 해 줘도 부족하대

요. 아들, 며느리는 이제 연락을 안 해요."

일주일 후, 그 부인이 왔다.

앉자마자 말이 쏟아졌다.

평생 시댁 뒷바라지, 무능한 남편, 속 썩인 자식들 이야기.

아무도 자신의 고생을 몰라준다는 이야기.

30분이 넘게 이어지는 하소연 속에서 나는 한 가지를 알아차렸다. 이 이야기는 어제도, 지난주도, 아마 지나온 세월 내내 계속 반복되었을 것이다.

가족들도 처음에는 "그래, 그래." 하며 들어줬을 것이다.

하지만 시간이 갈수록 지쳐 갔을 것이다.

아무리 들어줘도 만족하지 않고, 무엇을 해 줘도 부족하다고 느끼니까, 대화를 피하기 시작했을 것이다.

그러면 엄마는 더 서운해진다.

서운함은 다시 하소연이 되고, 그 하소연은 더 커진다.

그렇게 서로의 거리는, 조금씩, 그러나 확실하게 멀어진다.

이 장면은 절대 특별하지 않다. 우리나라 중 · 노년 부부의 가정에서 흔히 볼 수 있는 풍경이다.

보이지 않는 조종의 끈

우리 마음 깊은 곳에는 어린 시절의 내가 그대로 앉아 있다. 그 아이는 아직도 서툴고, 어리광도 부리고, 따뜻한 돌봄을 받고 싶어 한다.

그녀의 경우도 어린 시절, 부모로부터 충분한 챙김과 관심 받지 못했던 상처가 70년이 지난 지금까지 그대로 진행 중이었다.
그때 마음속으로 숨어 버린 아이는 없어지지 않고, 어른이 되었어도 예고 없이 불쑥불쑥 튀어 나온다.

"나 좀 봐 줘요."
"내가 얼마나 잘했는지 알아줘요."
"나도 사랑받고 싶어요."

하지만, 이 마음을 직접 표현하기엔 너무 어색하고 부끄럽다. 그래서 돌려서 말한다.

"내가 얼마나 고생했는데⋯."
"내가 얼마나 힘든지 몰라?"
그렇게 간접적으로 관심과 돌봄을 요구하는 것이다.

겉으로는 단순한 하소연처럼 보이지만, 실제는 보이지 않
는 감정의 끈으로 가족들을 묶어 놓는 역할을 한다.
이 말은 가족들에게 죄책감을 심어 준다.
특히, 자식들은 이런 말을 듣고 자라면서 무의식적으로 한
가지 규칙을 배우게 된다.

"엄마가 힘들어하는데, 내가 행복해해도 될까?"

자신이 행복해하거나 즐거워할 때마다 엄마 생각이 나면
서 죄책감을 느끼게 되는 것이다.
이 죄책감은 무의식적인 자기 처벌로 이어진다.

친구들과 즐겁게 놀다가도 "엄마는 집에서 혼자 외로워하
실 텐데" 하고 생각한다.
좋은 기회가 와도 "엄마를 두고 갈 수 없는데"라며 주저한다.

이렇게 무의식적으로 자신의 행복을 제한하면서, 결국 엄마와 같은 삶을 살게 되는 것이다.

자신도 모르는 사이에 희생자의 역할을 학습하고, 그것을 자신의 아이들에게 전수하게 된다.

조용하게 멀어지는 관계

이런 패턴이 오래 이어지면, 가족 관계는 점차 붕괴한다. 겉으로는 평범하게 보이지만, 내부적으로는 심각한 단절이 일어난다.

자식들은 성인이 되어서도 부모와 깊은 대화를 나누지 못한다. 좋은 일이 있어도 말하지 않고, 힘든 일이 있어도 의논하지 않는다.

부모와의 관계가 주는 것보다, '빼앗는 것'이 더 많다고 느끼기 때문이다.

하소연에 빠진 엄마들이 인정하고 싶지 않은 감정들이 있다. 분노, 원망, 질투, 외로움……

이런 감정들은 '좋은 엄마'에게는 어울리지 않는다고 여겨져 마음 깊숙한 곳으로 밀려나 버린다.
하지만 이렇게 숨겨진 감정은 사라지지 않는다. 대신 다른 모습으로 나타난다.
끝없는 한숨, 만성적인 질병과 우울, 그리고 가족들에 대한 미묘한 원망으로.

아들이 직장에서 승진했다는 소식을 들으면 기뻐해야 할 텐데, 마음 한편에서는 "좋겠네, 며느리가 그 덕을 다 누리는 거지. 고생해서 키운 건 난데."라는 생각이 든다.
딸이 가족들과 해외여행을 다녀왔다고 하면 "너는 참 호강하고 사네. 나는 언제 그런 호강 한번 해 보나"라는 서운함이 앞선다.

이것은 사랑이 아니라 소유욕이고 통제욕이다.
하지만 본인은 그것을 여전히 '사랑'이라고 믿는다.

늘 하소연하는 엄마 밑에서 자란 자식들은 자신도 모르게 같은 패턴을 학습하게 된다.

특히 딸의 경우 어머니의 모습을 보며 "여자는 희생해야 하는 존재"라는 잘못된 믿음을 갖게 된다.

아들의 경우는 어머니의 계속되는 하소연에 여성에 대한 부정적인 감정을 갖거나, 상대의 눈치를 보며 맞춰 주는 사람이 될 수 있다.

어느 쪽이든 건강한 관계를 맺는 법을 배우지 못한다.

그리고 성인이 되어 자신의 가정을 꾸려서도 같은 패턴으로 대물림되는 경우가 많다.

새로운 시작을 위한 용기

변화는 관점의 전환에서 시작된다. 자신의 모습을 객관적으로 바라보게 되면, 조금씩 다른 길이 열린다.

- "내가 얼마나 힘들었는지"를 이야기하는 대신, "너희가

얼마나 고마운지"를 말해 보는 것.

- 가족들에게 좋은 일이 생겼을 때, 나와 비교하지 않고 그들의 풍요를 함께 느껴 보는 것.
- 나만을 위한 작은 시간이라도 갖고, 내가 원하는 것이 생기면 직접 나를 위해 돈을 써 보는 것.

우리 자신이 좀 더 느긋해지고 여유로움이 생겨야만, 평생 나를 가두었던 피해의식의 감옥이 서서히 눈에 들어오기 시작한다.

이런 작은 변화들이 시작되면 가족 관계도 조금씩 바뀔 수 있다.

하지만 이것은 하루아침에 이루어지는 일이 아니다. 그리고 때로는 변화하지 못할 수도 있다.

그럴 때는 가족이 어떻게 대응할지를 배우는 것이 더 중요하다.

죄책감에 빠지지 않으면서도, '적절한 거리'를 유지하는 법 말이다.

"도대체 엄마는, 유독 왜 저러는 거야?"라며 문제에만 집중하기보다는 "우리 엄마만 이런 게 아니었구나", "이게 엄마의 소통 방식이구나" 하고 이해하고 받아들일 수 있다면, 그것만으로도 관계가 조금은 편해질 수 있다.

무엇보다 중요한 건, 이 패턴이 더 이상 대물림되지 않는 것이다.
지금의 50대, 60대가 자신을 한 번 돌아보는 것.
나도 혹시, 같은 상처를 다시 건네고 있지는 않은지.

피해의식은 조용히 번진다.
하지만 그 사슬을 끊을 수 있는 것도 결국 우리 자신이다.

침실에서의 조용한 전쟁 (I) - 폭력의 기억

60대 후반 어르신이 이 일에 관해 처음 언급한 것은 세 번째 상담에서였다. 이전에는 복지관 이야기, 자식들 이야기 등 평범한 주제들만 나눴다.

하지만 그녀의 진짜 고민은 마음 깊은 곳에 자리하고 있었다.

"선생님. 이런 얘기 해도 될까요? 너무 부끄러운 얘기인데….."
한참을 망설이던 그녀가 조심스럽게 말을 꺼냈다.

"남편이… 젊었을 때는 손이 너무 거칠었어요."

그 한마디가 시작이었다. 그 뒤로 쏟아진 이야기는 충격의
연속이었다.

폭력의 기억이 남긴 트라우마

"결혼하고 한 달도 안 됐을 때예요. 시어머니가 '저녁밥을
왜 이렇게 늦게 주느냐'라고 하시니까, 남편이 갑자기 화를
내면서… 그때 처음 맞았어요. 뺨을 때리는데 정말 깜짝 놀
랐어요. 신혼인데 벌써 이러나 싶어서…."
하지만 그것은 시작에 불과했다.

그때부터 40대 후반까지 거의 30년간, 남편의 폭력은 일상
이었다.
"아이가 울면 '왜 제대로 못 달래느냐'라면서 때리고, 기분
이 안 좋을 땐 집이 조금만 어질러져도 발길질했어요. 특히
술 먹고 들어와서는… 정말 무서웠어요."
그녀의 목소리가 떨렸다. 오래전 일인데도 마치 어제처럼
생생했다.

가장 힘들었던 건 아무에게도 말할 수 없다는 것이었다.

"그때는 남편한테 맞고 살면, 숨기고 참아야 될 일이었어요. '우리 딸이 시집가서 맞고 산다.'라고 걱정 끼칠까 봐 친정에 말할 수도 없고, 친구들한테도 말 못 했어요. 혼자서만 끙끙 앓았죠."

그녀는 때때로 여기저기 멍든 자국을 모자로, 스카프로 가리고 외출했다. 사람들이 물어보면 "넘어졌다", "문에 부딪혔다"라고 거짓말을 했다.

"아이들한테는 맞은 흔적을 숨기고 자존심을 지키고 싶었어요. 그런데 아이들이 다 알고 있었더라고요."

그렇다면 왜 그렇게 오랫동안 참았을까?

"그때는 이혼이라는 걸 생각도 못 했어요. 여자가 혼자서 아이들 키우고 살 수 있는 세상이 아니었거든요. 그리고 친정에서도 '참고 살아라, 이혼은 안 된다, 술만 안 먹으면 괜찮은 사람이다'라고 했어요."

50대 이후 남편의 폭력은 줄어들었다. 나이가 들면서 고혈

압과 당뇨로 더 이상 술을 마시지 못했다. 가정폭력에 대한 사회적 분위기도 서서히 바뀌었다.

하지만 상처는 그대로였다.

"남편은 '다 옛날 일인데 왜 자꾸 그러느냐'라면서…. 그런데 나는 아직도 생생해요."

더 큰 문제는 지금이었다. 자식들이 결혼하고 부부만 남게 되자, 남편은 과거의 일은 잊은 듯 스킨십과 성관계를 요구했다.

"옆에만 와도 온몸에 소름이 돋아요. 나를 무참히 때렸던 그 손으로 이제는 나를 만지려고 한다니요. 어떻게 그럴 수 있어요?"

지금 그녀는 나름대로 활기찬 생활을 하고 있다.

노래교실, 댄스교실, 서예, 요가 등 다양한 활동을 통해 자신만의 즐거움을 찾았다.

"이제는 좀 살 것 같아요. 새로운 걸 배우는 것도 재밌고, 친구들도 많이 생기고. 그런데 집에 돌아오면…."

집에서는 여전히 그 트라우마와 마주해야 한다. 특히 밤이 되면 더욱 힘들다.

"남편이 다가오려고 하면 온돔이 굳어져요. 그때 생각이 막 나면서. 그런데 남편은 '왜 나를 피하느냐, 우리가 부부인데'라고 서운해해요."

"가끔 남편이 '내가 그때 너무 했다'라고 말할 때가 있어요. 그런데 그것도 그냥 지나가는 말 같아요. 진심으로 미안해하는 것 같지 않아요."

몸에 새겨진 기억

지금도 남편이 조금이라도 목소리를 높이거나 급하게 움직이면, 몸이 자동으로 움츠러든다고 한다.
이는 장기간의 폭력으로 인해 형성된 조건반사다.

"주변에서도 '남편이 술 때문에 그런 거다', '네가 맞을 짓을 했으니까 맞는 거다' 이런 식으로 말했어요. 그래서 저도 제가 잘못한 줄 알고 살았어요."

지금도 "왜 그때 참고 살았을까", "왜 도망치지 못했을까"라는 자책감이 불쑥불쑥 올라와 그녀를 괴롭힌다.

그리고 그때는 그렇게 하찮게 취급했으면서, 지금은 왜 다정한 척하는지 이해도 안 되고 이해하고 싶은 마음도 없다고 했다.

폭력은 가해자에게는 "다 지난 일"로 넘기고 싶은 기억이지만, 피해자에게는 여전히 가슴을 짓누르는 "현재진행형의 고통"이다.

침실에서의 조용한 전쟁 (II) - 배신의 기억

70대 어르신의 상담은 눈물로 시작됐다.

"선생님, 저는 정말 바보처럼 살았어요."
한참을 울고 나서야 그녀가 입을 열었다.

"남편이 바람피우는 줄 알면서도 평생 모른 척했어요.
아니, 모른 척할 수밖에 없었어요."

배신의 기억이 남긴 모멸감

그녀의 고통은 결혼 초기부터 시작됐다. 남편은 직장 생활을 한다는 명목으로 늦은 귀가가 잦았고, 주말에는 등산이며 모임이며 집에 없는 날이 많았다.

"처음에는 정말 일이 많은 줄 알았어요. 그 사람이 열심히 일해서 우리 가족을 먹여 살린다고 생각했죠. 그런데…."

남편의 외도는 결혼 3년쯤부터 시작됐다.
"한번은 남편 주머니에서 술집 이름이 적힌 메모지에 여자 이름이 있더라고요. 그때 물어봤더니 '직장 동료들과 회식했다. 괜한 의심하지 마라'라며 화를 내더라고요."
그 후로도 의심스러운 일들이 이어졌고, 해가 갈수록 뻔뻔하게 외박도 자주 할 때가 많아졌다.

어쩌다 집에 일찍 오는 날에는 그녀를 비난했다.
"내가 뭘 해도 궁상맞고 없어 보인대요. '다른 여자들은 화장도 하고 옷도 잘 입는데 너는 왜 맨날 그 모양이냐'라며. 그런데 빠듯한 살림에 시댁 생활비 챙기랴, 애들 키우랴, 나 꾸밀 시간이 어디 있겠어요."

이러한 생활이 지속되자, 남편의 동창 모임에도 소문이 났고 가끔 모임을 나가면 사람들이 남편의 잦은 외도를 다 알고 있어서 힘들었다.

"사람들이 나를 보는 눈빛이 다르더라고요. 동정하는 듯한. 불쌍한. 그리고 가끔 '남편은 요즘 어떻게 지내냐'라고 에둘러 물어보기도 하고."

그런 날은 집에 돌아와서 혼자 숨죽여 울었다.

남편의 반복적인 외도로 인해 여자로서의 자존감이 바닥에 떨어졌고, 수치감과 모멸감에 시달렸다.

"거울을 보면 '내가 얼마나 부족하면 다른 여자를 만날까' 그런 생각만 들었어요. 내가 못났구나, 많이 부족하구나…. 그렇게 생각했죠."

잠자리에서도 거부감이 들었다. 남편이 다른 여자와 관계를 맺고 온 것 같아 몸이 굳어졌다.

"그 사람이 만질 때마다 '이 손으로 다른 여자도 만졌겠구나.' 그런 생각이 들어서 정말 역겨웠어요."

그럼에도 가정을 지켰다. 자신처럼 아버지 없는 설움을 자식들한테는 물려주기 싫었다. 하지만 자식들도 힘들어했다.

"큰딸이 중학생 때 '엄마, 아빠랑 이혼해도 돼.' 그러더라고요. 아이들 상처 주고 키워서 더 괴로웠어요."

이제 와서 돌아온 남편

세월이 흘러 남편도 나이가 들었다. 퇴직 후에는 딱히 만날 사람도 없고, 사회 활동도 줄어들었다.

그래서인지 인제 와서야 아내에게 스킨십과 성관계를 요구한다.

"한두 번 '그때는 내가 철이 없었다.'라며 은근슬쩍 넘어가려고 해요. 그런데 나는 평생 수치심을 안고 괴롭게 살았거든요. 그 아픈 속을 어떻게 그런 한마디로 다 끝낼 수 있어요?"

다행히 그녀는 현재 자식·손주들과 친밀한 관계를 유지하고 있다. 온갖 수치심과 모멸감을 견뎌 내며 끝까지 책임지고 가정을 지킨 덕분이다.

"아이들이 나를 많이 아껴 줘요. 힘들게 키워 준 걸 고마
워하고. 그런데 여전히 아버지에 대해서는 좋지 않게 생각
해요."

지워지지 않는 상처

이제 할머니가 된 그녀는 수제 디저트 만드는 법을 배워서
시간제로 일하며 새로운 인생을 즐기고 있다.
"요즘은 나만의 생활이 있어요. 자식들이 용돈도 챙겨 주
고 친구들도 생기고, 모임도 많고…."

하지만 여전히 남편이 다가오면, 과거가 되살아난다.
"그 속을 어떻게 말로 다 해요. 지금도 그때 생각하면 가슴
에서 불덩이가 확 넘어오는 것 같아요."

배신의 기억은 폭력의 기억만큼이나 깊고 오래간다. 몸의
상처는 눈에 보이지만, 마음의 상처는 보이지 않는다.

여자로서의 자존감이 무너지는 고통.

사람들의 동정 어린 시선을 견뎌야 하는 수치심.

사실을 다 알면서도 모른 척해야 했던 그 분노.

남편이 이제 와서 "그땐 내가 철이 없었지." 하고 말한다고 해서, 아내 마음에 쌓인 원망과 억울함이 풀리는 것은 아니다.

그걸 모르는 것이, 때론 더 아프고 또 다른 폭력처럼 느껴진다.

침실에서의 조용한 전쟁 (III) - 소통의 부재

또 다른 어르신이 토로한 불만은 이랬다.

"남편이 뭔가 잘못을 하면, 말로 사과하는 법이 없이 그냥 몸으로 부부관계를 하려고 해요. 그럴 때마다 너무 화가 나고 소름 끼쳐요."

그녀의 남편은 폭력을 쓰지도 않고, 바람을 피우지도 않았다고 한다.
하지만 감정 표현이나 가족을 대하는 건 매우 서툴다.

낡은 사고방식이 불러온 갈등

"얼마 전에 내가 감기 몸살이 심해서 '병원에 좀 태워다 달라'고 했어요. 그런데 친구들이랑 점심 약속이 있다면서 거기에 훌쩍 가 버리더라고요."

그녀는 혼자 병원에 갔다가 기력이 없어 밥도 못 먹고 누워 있었다. 저녁에 남편이 술까지 마시고 들어와서는 "아직까지 아프냐."라고 물었지만, 서운한 마음은 쉽게 가라앉지 않았다.
"내가 '서운하다'라고 했더니 뭐라고 했는지 아세요? 아무 말도 안 하고 침대에 쓱 들어오더니 내 몸을 여기저기 슬슬 만지는 거예요."

매번 남편의 이런 반응에 그녀는 참을 수 없이 화가 치민다.
"말로 이렇다 저렇다 사과하든지, 왜 그랬는지 설명을 하든지. 그런데 그런 말 한마디 할 줄 모르고 몸부터 들이대니까 징그럽고 답답해요."

변화하는 할머니들

"남편이 가끔 '여자는 잠자리 한 번 하고 나면 화가 풀린다.'라는 거예요. 얼마나 기가 막히던지…."

이러한 낡은 사고방식은 그 세대 남성들 사이에서 농담처럼 언급되기도 했다.

부부 사이에 불편한 문제가 생기면, 대화로 설명하고 풀어 나가는 것보다 스킨십이나 성관계로 얼렁뚱땅 넘어가는 것이 빠른 방법이라 여기기도 했다.

"한번은 너무 화가 나서 '제대로 사과부터 해라'고 했어요. 그랬더니 '뭐가 그렇게 복잡하냐. 부부끼리'라고 하더라고요."

이런 상황이 반복되면서 그녀의 불만은 쌓여 갔다.
"남편은 아직도 옛날 케케묵은 방식 그대로예요."

몇 해 사이 그녀는 달라졌다. 복지관, 친구 모임, 미디어를 통해 새로운 사고방식을 접하면서 감정도 잘 표현하게 되었다.

"예전에는 '그러려니' 하고 넘어갔어요. 그런데 이제는 아니에요. 남편도 잘못한 건 잘못했다고 말해야죠."

남편은 변화한 아내를 받아들이지 못했다.
"남편이 '예전에는 안 그랬는데, 요즘 왜 이상하게 변해 가냐?'라고 하더라고요. 맞아요. 나도 이제는 달라졌어요."

"자기 친구들한테 내 얘기를 했나 봐요. 친구들이 '갈수록 여자들이 너무 까다로워진다.'라고 하더래요.
까다로운 게 아니라 당연한 건데."

그녀는 앞으로 남은 둘만의 노후생활이 걱정되지만, 포기하고 싶지는 않다.
"이제 살날이 얼마나 남았다고, 계속 이렇게 살 수는 없잖아요. 이제라도 서로 오순도순 살고 싶어요."

침묵을 깨다

"평생 누구한테도 못 했던 얘기를 여기서 처음 해 봤어요.
이렇게 말하고 나니까 속이 후련해요."

해결의 첫걸음은, 용기 있는 대화다.
아내들이 묵은 상처를 꺼내고, 남편들이 그것을 진심으로
받아들일 때 변화가 시작된다.

"사과는 진심을 담은 말로 하는 거예요. 무턱대고 몸으로
하는 게 아니라요."
나이가 들어도 사랑받고 싶고, 존중받고 싶은 것은 인간의
기본적인 욕구다.

침실에서 벌어지는 조용한 전쟁이 평화로운 대화로 바뀔
수 있을 때, 비로소 노년의 침실은 서로를 위로하는 안식처
가 될 것이다.

남한테 자랑한 만큼, 그 값을 치르게 되더라고요

"선생님, 요즘 마음이 너무 허전하고 외로워요."

70대 여성 어르신이 앉자마자 한숨부터 내쉬었다.

"예전엔 복지관 친구들이랑 전화도 자주 하고, 계모임도 한 달에 두세 번은 꼭 나갔어요. 근데 요즘은 내가 먼저 전화하지 않으면 아무도 연락이 없어요. 혼자 있으면 자꾸 생각이 많아지고 마음이 허전해요."

나는 조용히 고개를 끄덕이며 물었다.
"언제부터 그렇게 느끼셨어요?"

"작년 가을에 무릎 수술을 했거든요. 입원하고, 재활 치료
다니고, 정신없이 몇 달 지나다 보니까 사람들하고 연락이
뚝 끊긴 것 같았어요."

잠시 침묵이 이어졌다.
"생각을 해 봤어요. 왜 그럴까…. 혹시 내가 너무 자랑하고
다녀서 그런 건 아닐까 싶더라고요."

"아, 자랑을 하셨다고요?"

"네. 어디를 가든 우리 딸 이야기, 아들 이야기, 그 이야기
만 했던 것 같아요."

그때는 행복했어요

"우리 딸이 사위하고 고깃집을 했어요. 처음엔 작게 시작
했는데, 어느 날 TV 맛집 프로그램에 나갔어요. 그때부터
손님들이 줄을 섰어요. 주말이면 한 시간씩 기다려야 들어

갈 수 있었대요.”

그녀의 얼굴에 잠깐 미소가 스쳤다.
“그래서 3층 건물을 통째로 빌려서 확장했어요. 정말 잘됐어요. 딸이 해외여행 가서는 사진 보내 주고, 백화점에서 옷이며 가방이며 사다 나르고, 저는 그게 그렇게 좋았어요.”

“복지관 가면 친구들한테 사진 보여 주고, ‘우리 딸이 또 이번에 뭘 사 줬다.’ 그랬어요. 계모임 가서도, 교회 가서도, 형제들 만나도 딸 자랑을 했죠.”

“아들도 그랬어요. 부동산 중개업을 했는데, 손만 대면 돈을 벌었어요. 딸네 가게 건물도 다 알아봐 주고요. 명절 때마다 용돈 봉투가 두둑했죠. ‘우리 아들이 부동산은 정말 귀신같이 한다.’ 그러면서 여기저기 말하고 다녔어요.”

그녀는 잠시 말을 멈추고 책상만 바라보았다.
“선생님. 나는요. 배운 것도 없고, 가진 것도 없었어요. 그냥 한숨만 쉬면서 살았어요. 근데 자식들이 갑자기 하는 일마다 잘되니까, 그게 마치 내가 잘된 것처럼 느껴졌어요.”

“그게 그렇게 좋더라고요. 평생 기죽어 살았는데, 어깨에 힘이 쫙 생기더라고요.”

한순간이었어요

“그런데, 그게 다 한순간이었어요.”

그녀의 눈시울이 붉어지며 울컥했다.
“코로나가 터졌잖아요. 우리 딸네 고깃집에 손님이 뚝 끊겼어요. 3층 건물 월세에, 인건비에, 직원들도 많이 줄이고, 딸하고 사위 둘이서 밤낮없이 했어요. 그런데도 안 되더라고요.”

“빚이 계속 쌓였는데, 아직도 회복이 안 됐어요. 딸하고 사위 둘 다 우울증 약을 먹어요. 요즘은 둘이 사이도 예전 같지 않은 것 같아요.”

그녀의 목소리가 낮아졌다.

"얼마 전에 딸이 그러더라고요. 이혼하고 싶다고. 저는 그 말 듣고 울고불고했어요. '오빠도 이혼했는데 너까지 이혼하면 엄마는 못 산다'라고. 그랬더니 딸이 지금은 그런 말 안 해요. 그런데 딸 얼굴 보면 알아요. 아직도 이혼 생각 중인 거."

"딸이 정말 이혼하면 어떡하죠. 사람들한테 있는 자랑 없는 자랑 다 해 놓고 살았는데, 내 자식들이 둘 다 이혼했다는 게 알려지면 내 체면이 뭐가 되겠어요. 그건 절대 있을 수 없는 일이에요."

그녀의 감정이 북받쳐 올랐다.

"아들은요, 부동산으로 돈을 벌었을 떠, 빌라를 여러 채 샀대요. 처음엔 잘됐어요. 그런데 어느 순간부터 돈 문제가 꼬이기 시작했대요. 급하게 메꾸려고 코인에 손을 댔대요. 거기에 남은 돈을 다 넣었어요."

"다 날렸어요. 그리고 몇 년 전에 이혼했어요. 나는 이혼했다는 말도 나중에야 들었어요."

상담실에 침묵이 흘렀다.
"나는 그동안 복지관에서 친구들 만나면 밥 사 준다고 하면서 내 자랑만 했어요. 계모임 가서도, 교회 가서도. 그런데 선생님, 지금 생각해 보니 그 사람들 다 자기 걱정이 있었는데…."

그녀는 한 명 한 명을 떠올리듯 말했다.
"누구는 아들이 실직해서 걱정이 태산 같았고, 누구는 며느리랑 사이가 안 좋아서 손주 얼굴도 못 보고 있었고, 누구는 남편 병간호한다고 밤잠을 설치고 있었는데…, 그 앞에서 내 자랑만 늘어놓았어요."

"그 친구들 마음이 얼마나 안 좋았을까. 근데 그땐 몰랐어요. 그러다 보니 친구들이 하나둘씩 멀어졌어요. 전화도 뜸해지고, 만나도 예전 같지 않고. 그래도 나는 계속 그 모임들을 다녔어요."

"왜냐하면요."

그녀는 잠시 말을 멈추었다.

"우리 집안에 경조사라도 생기면 사람이 많이 와야 하잖아
요. 그래야 사회생활 잘하고 살아온 사람이라고 하지, 손님
이 적으면 뭔가 부족한 사람이라고 하니까. 그런 생각 때문
에 모임에 빠질 수가 없었어요."

결국 나는 혼자더라고요

"그런데 지금은 몸도 안 좋아졌어요. 무릎 수술하고, 또 다
른 데도 검사하고. 이제 우리 애들은 차마 어디 가서 말도
못 꺼낼 정도가 됐고, 요즘은 마음이 너무 지옥 같아요."

"선생님, 계속 밤에 잠도 못 자요. 한참 됐어요. 자꾸 이런
생각이 들어요. '아, 내가 너무 교만하게 바깥에서 자랑하
고 다녀서, 나 때문에 우리 애들까지 벌 받는 건가?' 하는
생각이요."

그녀는 한참 아래를 바라보다 말했다.

"남들한테 자랑한 만큼, 이렇게 그 값을 치르나 봅니다."

나는 그녀의 손을 가만히 잡았다.

"자식 자랑하신 건 잘못이 아니었어요. 그때는 그렇게라도
해야 마음이 버틸 수 있었던 거예요."

그녀가 고개를 들어 나를 바라보았다.

"평생 자신한테 기대할 게 없었다면, 자식들 성공이 곧 내
가 성공한 것처럼 느껴질 수밖에 없었을 거예요. 그 시절엔
그게 최선이었던 거예요."

나는 잠시 말을 멈추었다.

"인생을 살다 보면, 밝을 때도 있고 어두울 때도 있잖아요.
자식들이 지금 힘든 건 엄마 탓이 아니에요."

그녀는 천천히 고개를 끄덕였다.

"그런데 선생님, 내가 이런 상황에 부닥쳐 보니까 알겠더
라고요. 누구 하나 솔직하게 이런 불행을 터놓을 수 있는

안전한 친구가 하나도 없더라고요.

형제자매들도 있고, 계모임도 몇 개나 나가고, 교회도 수십 년을 다녔는데, 막상 이렇게 힘들 때 진짜 내 속마음을 털어놓을 사람이 없어요."

그녀의 목소리에 슬픔이 묻어났다.

"다들 겉으로만 친한 척했던 거죠. 그냥 큰 의미 없는 만남으로 그 긴 시간을 낭비했어요. 여기저기 밥 사 준다고 돈 쓰고, 그 사람들하고 좋은 관계 유지하려고 속 썩는 일도 참아가며 애썼는데, 다 헛짓이었구나 싶어요."

"그리고 이제야 깨달았어요. 결국 내 자랑만 늘어놓고 사느라고, 다른 사람들이 불행한 일이 생겼을 때 속마음 터놓을 그런 친구가 되어 주지 못했던 거죠."

그녀의 깊은 한숨이 새어 나왔다.

"내가 그 사람들한테 그랬던 것처럼, 그 사람들도 나한테 마음을 닫은 거예요. 서로 자랑만 하고, 그게 너무 후회돼요."

나는 그녀의 손을 살짝 쥐었다.

"그걸 알게 되셨다는 게 중요해요. 사람은 마음이 외로울 때, 자랑으로 그 허전함을 채우려 하거든요. 그런데 지금 이렇게 돌아보고 계신다는 건, 이미 그 마음이 달라지고 있다는 뜻이에요."

"누군가에게 자랑이 아니라, 지금 내 마음을 솔직하게 말해 볼 수 있는 사람이 한 명이라도 있다면, 그 관계는 다시 이어질 수 있어요. 진심으로요."

그녀는 눈물을 닦고, 고개를 끄덕였다.

"다 늦어 버린 건 아니겠죠? 이제부터라도 천천히 다시 사람들과 진심으로 만나고 싶어요."

상담실을 나서는 그녀의 뒷모습을 보며, 생각했다.

그녀처럼 자랑으로 마음을 채우려 했던 분들을 참 많이 만났다. 그건 잘못이 아니었다.

하지만 그 자랑 뒤에 남겨진 것은, 진짜 내 이야기를 나눌 사람이 없다는 외로움이었다.

자랑은 때로 우리의 결핍을 채우려는 몸짓이다.
하지만 그 자랑 뒤에 남겨진 상처들이, 결국 우리를 더 외롭게 만든다.

진짜 관계는 화려한 이야기가 아니라, 서로의 허전함을 나눌 수 있을 때 시작된다.

3부

눈치의 균형을 회복하기

사랑했지만, 가끔은 벗어나고 싶었던 마음

70대 여성 어르신이 한참을 망설이다가 말했다.

"아무리 상담이라지만, 이런 말을 해도 될지⋯."

내가 대답했다.

"좋은 말들은 바깥에서 하시고, 지금 말씀하신 '이런 말을 해도 될지' 하는 말들을 하러 상담실에 오시는 거예요."

그녀가 결심하듯 숨을 크게 내쉬고 말을 꺼내기 시작했다.

"저⋯ 작년 겨울에 남편과 사별했어요. 주변 사람들이 '너무 슬프겠다.', '그렇게 좋은 남편이었는데 안 계시니 얼마나 외롭겠냐.', '남편이 정말 그립겠다.'라고⋯ 몇 달이 지난 지금까지 계속 안부를 물어봐요.”

“그런데 선생님, 내가 이상한 사람 같아요. 남편이 죽었는데도 그렇게 슬프지가 않아요.”

사별 뒤, 마음은 하나가 아니다

그녀는 결혼 생활이 행복하지 않았다고 말했다.
남편은 가부장적 성향이 강한 사람이었다. 늘 하던 말은 “암탉이 울면 집안이 망한다”며 여자는 나서면 안 된다고 강조했다.

그녀는 그 시절 고등학교까지 나오고 똑똑하다는 말을 들었지만, 결혼과 동시에 주부로만 살아야 했다.
바깥 활동은 금지되었고, 그녀가 외출할 수 있는 기회는 남편과 함께하는 부부 동반 모임뿐이었다.

그마저도 마음껏 즐길 수 없었다. 즐겁게 웃고 떠들며 보낸

날은, 예외 없이 집에 돌아와서 남편의 불평을 들어야 했다.

"어디서 여자가 할 말 다 하고 큰소리 내서 웃느냐."

이것이 남편의 불만이었다.

평생 그녀 앞으로 된 신용카드도 하나 없었고, 집안에 저금이 얼마인지 빚이 얼마인지도 모르고 살아왔다.

그렇게 그녀는 사회와 점점 고립되었다.

남편은 은퇴를 하자, 시장이든 마트든 장 보는 것까지 도맡았다. 자신은 가정적이고 자상한 남자라며 기세등등한 남편 옆에서, 그녀는 점점 생기를 잃어갔다.

그러다 남편이 아프기 시작해, 그 후로 8년 동안은 정말 힘든 시간이었다.

남편은 당연히 자신을 간병해야 할 사람이 아내라고 생각했고, 절대 요양병원에 가려고 하지 않았다.

자기 몸이 뜻대로 따라 주지 않자, 점점 성격도 거칠고 험악하게 변해 갔다.

그녀는 하루 24시간, 365일을 8년 동안 한순간도 남편과 떨어져 본 적이 없었다. 독박 간병을 하면서 그녀도 노쇠해졌지만 혼자서 다 감당해야 했다.

요양사 신청을 하려고 해도 남편이 모르는 사람은 절대로 싫다고 고집을 부렸기 때문이다.

무거운 남편의 몸을 부축하느라 그녀의 허리와 손목도 많이 안 좋아졌지만, 남편에게 싫다고 말할 수도, 요양병원을 권유할 수도 없었다.

딸과 아들이 같은 지역에 살고 있었지만, 자식들의 삶도 빠듯하다 보니 도움을 요청하기도 어려웠다.

그러다 시간이 흘러 남편과 사별했다.

정작 남편이 눈을 감는 순간에는 이상하게도 마음이 텅 비어 있었다. 예상했던 것과는 다른 감정에 너무 혼란스러웠고, 죄책감이 올라와 누구에게도 말할 수 없었다.

식구들과 정신없이 장례를 치르고 나니 홀가분한 기분이 들었다. 그런 기분이 드는 자신이 굉장히 낯설고 이기적으로 느껴졌다.

이중인격 같다는 생각에 다른 사람들이 눈치챌까 두려워서 더욱더 안으로 움츠러들었다.

비슷한 고민을 안고 찾아온 남성 어르신도 있었다.

그는 부잣집에 자손이 귀한 무남독녀와 결혼했다.
처갓집에서는 대를 이을 사위를 찾고 있었고, 그는 데릴사
위가 되겠다고 마음먹고 결혼했다.
장인·장모님의 1순위는 귀한 딸이었고, 모든 선택은 부인
이 원하는 것이 우선이었다. 자상하고 배려심 많은 그의 성
격과 더불어, 부인을 우선으로 생각하는 가족 분위기가 확
고해져 갔다.

그는 점점 집안에서 발언권이나 선택권이 줄어들었다. 나
중에는 그 누구도 그의 기분이나 생각을 묻지 않게 되었다.
그는 '다 괜찮다'라고만 하는 사람, 다 이해해 주고 배려해
주는 사람으로 여겨졌다.

처음엔 별생각 없이 아내를 1순위로 배려하고 챙기는 것에
자부심을 느꼈다. 그러나 나이가 들어가자, 자신의 존재감
과 가정에서의 위치를 찾을 수 없어서 어딘가 허탈한 느낌
을 지울 수 없었다.

동창 모임에 나가서도 장인어른의 호출이 있으면 언제든지 일어나야 했고, 친구들과의 운동도 아내 눈치를 보며 자제하다 보니 점점 사회적인 고립이 생기기 시작했다.

아내도 자식들에게 "아버지는 괜찮다고 하실 거야"라며 그의 의견조차 묻지 않고 먼저 결정하는 분위기가 되어 버렸다.

노후가 되자, 아내가 큰 수술을 연이어 받게 되었고 치매 증상까지 겹치게 되면서 건강이 더 악화되었다. 당연히 아내 간병은 모두 그의 몫이 되었다.

그도 만성 질환으로 건강이 예전 같지 않았지만, 자식들이 아버지의 간병을 당연하게 여겼기에 힘들다는 표현도 하지 못했다.

평생 그림자처럼 묵묵히 가족의 뒷바라지를 도맡아 온 아버지의 노고는 누구도 언급하지 않았다.

그러다 장인·장모님도 돌아가시고 아내도 먼저 세상을 떠나게 되었다. 아내가 떠나자, 자식들도 서서히 발걸음을 끊기 시작했다.

평소 아내가 곁에 없으면 한순간도 살 수 없을 거라는 그의 믿음과는 달리, 점점 뭔가 자유로운 기분을 느끼게 되었다. 처음에는 아니라고 자신도 부인했지만, 이렇게 홀로 있어 보는 자유가 편안하고 좋았다.

어쩌면 오래전부터 자신도 모르게 이런 상황을 꿈꾸었을지도 모르겠다는 생각이 그를 자책하게 했다.

해방감이 죄는 아니다

사별 후 양가감정을 느끼는 것은 누구에게나 일어날 수 있는 자연스러운 일이다.

우리 마음은 동전의 앞면과 뒷면처럼 상반된 감정을 동시에 품고 살아간다. 사랑과 미움, 그리움과 해방감이 함께 있는 것이 이상한 게 아니라 당연한 것이다.

빛이 있으면 반드시 그림자가 생기듯, 오랜 관계에는 사랑만 있는 것이 아니다. 힘들었던 순간들, 참았던 마음들, 포기했던 꿈들, 눌러 둔 분노들도 함께 있었다.

여성 어르신의 경우, 50년 넘게 자신의 목소리를 내지 못하고 살았던 억압감, 사회와 단절되어 살아야 했던 고립감, 수년간의 간병으로 인한 신체적·정신적 소진이 모두 쌓여 있었다.

남편이 떠난 후, 슬픔과 해방감을 느끼는 것은 그동안 쌓여왔던 감정이 자연스럽게 드러나는 것뿐이다.

남성 어르신도 마찬가지다. 평생 자신의 의견은 뒷전이고 가족을 위해서만 살아온 피로감, 자신만의 시간 없이 살아온 답답함이 모두 존재했다.

그런 상황에서 갑작스럽게 찾아온 자유로움을 느끼는 것은 지극히 당연한 반응이다.

이런 감정은 죽은 사람에 대한 '사랑의 크기'와는 전혀 별개의 문제다.

사랑했기 때문에 참았던 것들, 사랑했기 때문에 포기했던 것들이 있었고, 그 모든 것들이 한꺼번에 해소되는 순간이 바로 사별의 순간이다.

하지만 우리 사회는 이런 복잡한 감정을 인정하지 않는다. 특히 나이 드신 분들은 더욱 그렇다.

"부부는 일심동체, 평생 서로 사랑해야만 한다."
"죽은 사람은, 늘 그리워해야 한다."
"슬퍼하고 울지 않으면, 사랑이 없는 사람이다."

이런 낡은 관념들이 자리 잡고 있어서, 사별 후 홀가분함을 느끼는 자신을 이상하다고 생각하고 죄책감에 빠져 홀로 고통스러워한다.
주변 사람들도 "많이 그리우시겠어요.", "얼마나 슬프세요."라며 슬픔을 기대하고 강요한다.

하지만 한 사람과 수십 년을 함께 산 관계에는 사랑만 있었던 것이 아니다. 갈등도 있었고, 상처도 있었고, 참음도 있었고, 포기도 있었다.
그 모든 것들이 그 관계의 진짜 모습이다.

혹시 지금 이런 양가감정을 느끼고 있다면, 남모르게 자책하지 말자.

홀가분함을 느낀다고 해서 그 사람을 사랑하지 않았다는 뜻이 아니다.

"슬픔이 클수록, 더 많이 사랑했던 거야"라는 말은 당치도 않는 낡은 신념이다.

사랑의 크기는 슬픔의 크기로 측정되지 않는다.

어떤 사람은 슬픔을 크게 표현하고, 어떤 사람은 조용히 그리워한다. 어떤 사람은 해방감을 느끼고, 어떤 사람은 공허감을 느낀다.

모든 반응이 다 정상이고 자연스럽다.

중요한 것은 자신의 감정을, 있는 그대로 인정하는 것이다.

"나는 지금 이런 기분이 든다. 그리고 그것은 괜찮다."라고 말할 수 있는 용기를 가지는 것이다.

이제, 남은 사람의 삶을 시작한다

사별은 끝이 아니라, 새로운 시작이기도 하다.
그동안 억눌렀던 감정들을 인정하고, 참았던 욕구들을 돌아보고, 포기했던 꿈들을 다시 생각해 볼 수 있는 기회이기도 하다.

사별은 때로는 새로운 자유를 가져다주기도 한다.
자유로움을 느끼는 것은 죽은 사람에 대한 배신이 아니다.
오히려 그동안 희생했던 자신에 대한 정당한 보상이자, 앞으로 남은 시간을 의미 있게 살아갈 기회다.

이제는 있는 그대로의 자신을 오롯이 받아들이고, 다독거리며 나아갈 힘을 가져야 할 때다.

복잡한 감정을 느끼는 자신을 탓하지 말고, 그런 자신을 이해하고 위로해 주자.
그것이 진정한 치유의 시작이다.

우리 집은 한 번도 큰소리 나는 법이 없어요

"우리 집은 단 한 번도 큰소리 나는 법이 없어요."

70대 후반 어르신이 상담실에 앉자마자 자랑스럽게 꺼낸 첫 마디였다. 그의 목소리에는 분명한 자부심이 배어 있었다.

"나는 평생 가정교육만큼은 철저하게 했습니다. 어릴 때부터 예의범절을 가르쳤고, 형제간에 우애를 강조했습니다. 밥상머리에서 큰소리를 내는 법이 없었고, 무슨 일이 있어도 차분하게 풀었습니다."
자식들은 반듯하게 자라서 각자의 삶을 살고 있고, 명절이면 빠짐없이 모여 차례를 지낸다고 했다.

“형제끼리도 한 번도 싸운 적이 없습니다. 중년이 다 되도록 말입니다. ‘형제는 남보다 못하다’라는 말을 절대 만들지 말라고, 늘 서로 양보하고 배려하라고 가르쳤으니까요.”

그런데 자신감 있던 그의 목소리에 작은 균열이 생기기 시작했다.

“그런데 말입니다… 나이가 들수록 우리 부부만 점점 고립되는 것 같아요. 자식들이 모여서 밥을 먹고 가지만, 그게 전부입니다. 밥 먹으면서도 핸드폰만 보고, 따로 할 말도 없는 것 같아요. ‘아버지, 별다른 일은 없으시죠?’ 하고는 금방 일어섭니다.”

그의 목소리가 점점 작아졌다.

“자식들도 서로 연락을 안 하는 것 같아요. 큰아들한테 ‘둘째는 요즘 어떻게 지내냐?’ 물어보면 ‘뭐, 잘 지내겠죠.’ 하고 대답합니다. 직접 통화라도 해 봤냐고 물으면 ‘서로 다 바쁘니까요.’ 또 그 말입니다.”

그는 한숨을 길게 내쉬었다.

"아내하고 둘이 저녁을 먹다가 문득 생각했습니다. '우리는 평생 이렇게 조용히 밥을 먹었구나' 하고요. 아내도 조용한 사람입니다. 요즘은 너무 조용하다 못해 어색합니다. 밥 먹으면서 젓가락 소리, 국 먹는 소리만 들립니다. 서로 할 이야기가 없어요."

그의 눈가가 점점 붉어졌다.
"사실은 한참 전부터 각방을 씁니다. 문을 닫고 누워 있으면 저쪽 방에 아내가 있는데, 그게 너무 멀게 느껴집니다. 50년 넘게 같이 살았는데, 이제는 방문을 두드리는 것도 어색해요. 뭐라고 말을 꺼내야 할지 모르겠어요. 같은 집에서 사는데 마치 남처럼, 하숙생처럼 사는 것 같습니다."

그의 목소리가 울컥했다.

"평생 바르게 살았는데, 도대체 뭐가 잘못됐을까요?"

이 이야기는 절대 낯설지 않았다. 평생을 바르게 살아왔다고 믿었는데, 어느새 가족들과의 거리는 멀어져 있고, 그 이유를 알 수 없어 막막해하시는 분들.

"어르신, 이런 상황은 어르신만의 문제가 아닙니다. 겉으로 보기에는 아무 문제 없는 가정들도 비슷한 어려움을 겪습니다."

좋은 감정과 나쁜 감정

그렇다면 왜 아무도 큰소리를 안 내는데, 오히려 가족들이 더 멀어지는 걸까?

우리는 어릴 때부터 부정적인 감정은 숨기고 억누르는 것이 미덕이라고 배웠다.
화를 내면 교양이 없는 사람이고, 섭섭함을 드러내면 속이 좁은 사람이고, 불만을 표현하면 감사할 줄 모르는 사람이라고. 특히 가족 간에는 더더욱 그래야 한다고.
그도 아마 그렇게 배우고 자랐을 것이다. 그리고 자식들에게도 그대로 전했을 것이다.

안타까운 것은, 부정적인 감정을 억누르면 긍정적인 감정
도 함께 억눌린다는 사실이다.

강물의 흐름을 막으면 전체 강이 멈추듯이, 분노를 억누르
면 기쁨도 시들고, 슬픔을 감추면 사랑도 희미해진다.

그렇게 되면 사람은 점점 무뎌진다. 슬픈 영화를 봐도 눈물
이 나지 않고, 기쁜 일이 있어도 활짝 웃을 수가 없다.
사랑하는 사람이 옆에 있어도 가슴이 뛰지 않는다.

고요함과 침묵 사이에서

단 한 번도 큰 소리가 나지 않았다는 그 집. 하지만 그 고요
함은 정말 평화였을까, 아니면 침묵이었을까?

어쩌면 그 집에서는 아무도 자신의 진짜 감정을 꺼내지 않
았을지도 모른다.
아버지도, 어머니도, 자식들도.
모두가 각자의 마음속에 하고 싶은 말을 꾹꾹 눌러 담아 두

고, 겉으로는 '좋은 모습'만 보여 주려 애썼을 것이다.

큰아들은 어쩌면 사춘기 때 아버지에게 하고 싶었던 말이 있었을지도 모른다. 하지만 아버지의 기대를 저버릴 수 없었고, '집안을 조용하게 해야 한다'라는 규칙을 깨고 싶지 않았다. 그래서 자신의 진짜 마음을 가슴 깊이 묻어 버렸다.

둘째도, 막내딸도 마찬가지였을 것이다. 각자 하고 싶었던 말을 삼키고, 올라오는 감정을 억누르며, 아버지가 만든 조용한 집에서 조용히 자랐다.

그렇게 세월이 흘렀다. 자식들은 자라서 각자의 가정을 꾸렸다.
그들도 자신들이 배운 대로, 조용한 가정을 만들었다.
감정을 드러내지 않고, 갈등을 피하고, 늘 '좋은 게 좋은 것'으로 지내는 가정.
하지만 함께 모여도 할 이야기가 없다. 왜냐하면 평소에 서로의 진짜 모습을 나누지 않았기 때문이다. 형제끼리도 안부를 묻지 않는다.

진정한 친밀감

그렇다면, 진정한 '친밀감'이란 무엇일까?

많은 사람이 친밀감을 '언제나 좋은 감정만 나누는 것'이라고 생각한다.
서로에게 상처 주지 않고, 다투지 않고, 늘 웃으면서 지내는 것. 하지만 그것이 진짜 친밀감일까?

친밀감이란, 모든 감정을 함께 나눌 수 있는 것이다.
기쁨도 나누고, 슬픔도 나누고, 화도 나누고, 두려움도 나눈다.
때로는 상대에게 화가 나서 소리를 지르기도 하고, 때로는 서운해서 토라지기도 하고, 때로는 실망해서 등을 돌리기도 한다.

하지만 그런데도 불구하고, 다시 돌아와서 이야기를 나눈다.
"내가 왜 화가 났는지 알아?"
"내가 왜 섭섭했는지 이해해?"

그런 관계 속에서 우리는 진짜 서로를 알게 된다.
상대가 무엇을 좋아하고 무엇을 싫어하는지, 무엇에 상처
받고 무엇에 기뻐하는지.

갈등은 불편하고 피곤한 것처럼 보인다. 하지만 갈등 없는
관계는 성장도 없는 관계다.
우리는 어려움을 겪을 때, 갈등을 마주할 때 성장한다.

침묵 속에 숨겨진 것들

"우리 집은 단 한 번도 큰소리 나는 법이 없어요."

이제 이 말이 다르게 들린다.
어쩌면 이 말에는 '우리 집은 단 한 번도 진짜 마음을 나눈
적이 없어요.'라는 의미가 숨어 있는지도 모른다.

고요함이 항상 평화를 의미하는 것은 아니다.
때로는 그 고요함이 '불편한 침묵'의 다른 이름일 수도 있다.

부부 사이도 마찬가지다. 한 번도 싸운 적 없다는 것이 자랑처럼 들릴 수 있지만, 그것은 어쩌면 한 번도 진짜 속마음을 나눈 적이 없다는 뜻일 수도 있다.

갈등이 없다는 건, 때로는 무관심의 다른 이름이다.
상대가 중요하니까 화가 나고, 사랑하니까 더 서운한 것이다.

약간의 주저함과 작은 설렘이 섞인 표정으로, 그는 새로운 시도를 하기로 했다.

"어색하시더라도 오늘 저녁에 한 번 시도해 보시겠어요? 부인께 '당신 요즘 기분이 어떻소? 몸이 안 좋은 데는 없소?' 이런 간단한 말씀부터 시작해 보세요."

"부인도 처음엔 당황하실 수도 있어요. 하지만 괜찮습니다. 그 어색함이 새로운 시작이니까요."

그의 집에도, 언젠가 생기 있는 생생한 소리가 들리기를 바란다.

그것이 어떤 소리든, 그 다채로운 소리가 다시 들리기 시작
할 때, 그 집은 진짜 '친밀한 집'이 될 것이다.

한쪽이 강하면, 한쪽은 약해지는 부부의 불균형

"선생님, 우리 남편은 월급을 제대로 갖다준 적이 없어요. 아이 넷을 거의 혼자 키웠어요."

아내의 한숨 옆에서 남편은 머쓱하게 손가락만 만졌다.

"아니, 옛날부터 내가 월급을 몽땅 써 버려도 이상하게 이 집은 굴러가더라고요. 애들도 잘 키우고. 나 없이도 척척 다하고 잘 사는 사람이요."

만족처럼 들리는 남편의 말 뒤에는, 오랜 시간 가장의 역할을 피한 자신에 대한 무력감이 숨어 있었다.

노년 부부에서 이 패턴은 드물지 않다.

한쪽이 모든 짐을 지고, 다른 쪽은 그 그늘에 숨는다.

상담 현장에서 보니, 이것은 성격 때문만이 아니라 함께 살아오며 굳어진 역할에서 비롯된 것이었다.

서로를 필요로 하는 에너지

부부는 종종 서로를 보완하는 에너지로 끌린다.

"내가 책임져야 한다."라는 에너지가 강한 사람은, "가능하면 책임을 피하고 싶다"라는 에너지를 가진 사람과 만난다.

신혼 초, 아내가 "내가 다 할게요."라고 말할 때마다 남편은 안도했고, 남편이 "당신이 알아서 해"라고 말할 때마다 아내는 자신의 존재 가치를 확인했다.

"일곱 살부터 동생들 밥을 해 먹였어요. 엄마는 식모살이 가고, 아버지는 술만 마셨어요."

아내에게는 "내가 못하면 우리 가족이 무너진다."라는 절박함이 있었다. 그 절박함이 그녀를 강하게 만들었지만, 동시에 모든 것을 감당하는 무거운 짐도 지게 했다.

반면, 남편은 어머니가 모든 것을 해 주는 환경에서 자랐다.
"나는 어머니가 다 해 주셨죠. 그냥 있으면 됐어요."
그러다 보니 성인이 되어서도 누군가가 자신의 몫을 해 줄 것이라는 기대를 하게 되었다.

이가 없으면 잇몸으로

아내가 자주 쓰는 말이 있다.
"이가 없으면 잇몸으로라도."

남편이 월급을 안 가져오면 악착같이 품팔이를 해서라도 생활비를 벌었고, 남편이 안 들어와도 혼자서 아이 넷을 키워 냈다.
시댁의 도움도, 친정에 하소연도 피했다.
못하는 며느리, 부족한 딸로 보이기 싫어서였다.

“내가 더 열심히 잘해서, 남편의 마음을 되돌리겠다.”라고
다짐했다.

아내의 이런 대처는 그녀를 강하게 만들었지만, 동시에 더
외롭게도 했다.
혼자서 다 감당하다 보니 자신에 대한 자부심은 커졌지만,
정작 힘들 때면 부탁할 사람이 없었다.

더 중요한 것은, 남편으로 하여금 책임을 더 회피하게 만들
었다는 점이다.
남편으로서는 “내가 없어도 잘 돌아가는데 굳이 힘들게
왜?”라는 생각이 들 수밖에 없었다.

남편이 책임을 회피한 것은 단순히 게으르거나 무책임해
서만은 아니었다. 아내의 완벽함 앞에서 느끼는 무력감과
열등감이 더 큰 이유였다.

“내가 뭘 해도 이 사람만큼 못 해요. 기껏 청소라도 해 주
면 다시 하면서 잔소리하고, 집을 구하러 다녀도 자기가 알

아서 다 계약해 버리고. 그러니까 그냥 안 하는 게 낫겠더라고요."

처음에는 나름대로 노력했지만, 아내의 높은 기준에 맞추기 어려웠고, 번번이 "당신보다 내가 하는 게 더 낫다"라는 말을 들으며 점점 위축되었다.

"집에 있으면 답답해요. 뭘 해도 잔소리고, 안 해도 잔소리고. 그냥 바깥에 나가 있는 게 편해요."
남편에게 술집과 친구들은 안전한 도피처였다. 그곳에서는 자신의 부족함을 지적받지 않아도 되었다.

아이들은 커갈수록 문제를 해결해 주는 엄마에게 의존했고, 아버지는 가끔 들어오는 '낯선 사람'이 되었다.

노년에 마주한 현실

이제 70대. 아내는 예전만큼 버틸 힘이 줄고, 남편은 아내

없이는 아무것도 못 한다는 사실을 깨달았다.

"내가 아프면 큰일이에요. 이 사람은 아직 밥도 제대로 못
해요. 집안 대소사도 못 챙기고, 병원도 혼자 못 가요."
아내의 표정은 걱정과 묘한 만족감이 뒤섞여 있었다.
평생 자신이 '필요 없는 사람' 같았는데, 실제로는 남편이
자신에게 기대고 있었기 때문이다.

"이 사람 없으면 나도 못 살아요. 그걸 이제야 알겠어요."
남편의 고백이다.

이 부부의 관계는 건강하지 않았지만, 나름의 균형을 이루
고 있었다.
아내는 자신이 필요한 사람임을 확인했고, 남편은 무거운
책임에서 벗어날 수 있었다.
서로 다른 방식이었지만, 둘 다 자신이 필요로 하는 것을
얻고 있었다.

노인 부부상담에서 가장 중요한 것은, "누가 옳고 누가 그

르냐"를 따지는 것이 아니다.

오랜 세월을 함께 살아온 두 사람이 서로를 어떻게 이해하고, 남은 시간을 어떻게 함께 보낼 것인가가 더 중요하다.

부부가 반대 성향으로 만나는 것은 우연이 아닐 것이다.
상대의 강점이 곧 나의 약점이고, 나의 강점이 곧 상대의 약점이다.
어쩌면 우주는 서로를 마주 보며, 자신의 부족한 부분을 배우고 채워 나가라고 이렇게 만나게 한 것인지도 모른다.

한쪽이 다른 쪽을 대신하는 관계가 아니라,
그 다름 속에서 각자가 조금씩 성장하 가는 것.

그것이 부부로 만난 진짜 이유일 것이다.

지켜보는 용기, 늦게 배운 사랑

"평생 내 전부를 바쳐 투자했습니다. 그런데 왜 우리 집 자식들은 이렇게 되는 일이 없습니까?
내 친구들은 자식 뒷바라지 안 하고 키웠어도, 잘만 살던데요."

80대 어르신의 분노에 찬 한마디였다.

그는 대기업에서 성공적으로 일하며 모은 재산을 자식들에게 전부 쏟아부었지만, 이제는 매월 나오는 연금만 남았다.
아들은 사업 실패를 거듭했지만, 여전히 손을 벌린다.

딸과 사위는 경제적 어려움이 있을 때마다 장인에게 의
존한다.

그런데 더 아픈 것은 따로 있었다.
이렇게 다 해 주었는데도 가족들이 모이면 분위기가 어색
하다. 자식들은 표정이 어둡고, 할 말만 하고 빨리 자기 집
으로 돌아가려 한다.
자식들을 위해 모든 뒷바라지를 다 했는데, 돌아오는 것은
차가운 거리감뿐이었다.

내가 계획한 자식들의 미래

그는 어릴 때부터 똑똑했다. 좋은 대학을 나와 직장에서도
임원까지 올라갔다.
자신의 능력에 자신감이 있었기에, 자식들의 인생도 자신
이 잘 설계해 주면 성공할 수 있다고 믿었다.

아이들이 유치원 때 이미 대학과 전공까지 정해 놓았다. 힘

든 일은 겪지 않도록 보호했고, 조금이라도 어려운 상황이
생기면 즉시 나서서 해결해 주었다.

자식들은 사춘기 반항도 없이 아버지가 하라는 대로 따랐다.

그런데 결과는 어땠을까?

전문직이었던 아들은 결국 아버지가 깔아 준 길을 버렸다.

그토록 공들여 준비한 시간과 비용이 모두 헛되어 버렸고,

아들은 중년이 되어서도 편한 길만 찾으며 실패를 거듭했다.

딸과 사위는 어려운 일이 생기면 먼저 아버지부터 찾았다.

문제는 이런 관계가 모두에게 무거운 짐이 되었다는 것이다.

자식들은 번번히 아버지의 기대를 채워 주지 못하자, 점점
자책감이 쌓여 갔다.

그러다 보니 늘 아버지의 눈치부터 살폈고, 행여라도 아버
지의 기분이 좋지 않을 때면 피하기에 급급했다.

그도 끝없는 책임감에 짓눌려 살았다.

힘들어도 힘들다고 말하지 못했고, 화가 나도 참았고, 불안
하고 두려워도 혼자서 견뎠다.

점점 표정은 딱딱해지고 말투는 건조해졌다. 밥맛도 없고
삶의 재미도 사라졌다.

80대에 찾은 용기, "인제 그만"

"모든 책임을 평생 혼자 짊어지고 사셨으니 얼마나 힘드셨
겠어요."라고 내가 말하자, 눈시울이 붉어지던 그는 처음
으로 눈물을 흘렸다.
그동안 인정받지 못했던 자신의 고통을 누군가 알아봐 주
었기 때문이었다.

그 후, 서서히 변화가 시작되었다. 그는 몇 번을 망설이다
가 자식들에게 솔직하게 말했다.

"내가 해 줄 몫은 다 해 준 것 같다. 나는 더 이상 여력이 없
고, 건강도 안 좋아지고 있다. 매달 연금으로만 살아야 하
니, 더는 도와줄 수 없다."

처음에는 자식들이 서운해했다.
하지만 아버지가 확고한 태도를 보이자, 점차 받아들이기 시작했다.

나는 이렇게 말했다.
"마음이 강한 부모는 자식이 험한 일을 하거나 실패할 것 같은 일을 할 때에도 그것을 지켜보는 사람입니다. 그런 경험들이 인생을 헤쳐 나갈 '진짜 힘'을 길러 주거든요."

아버지가 대신해 준 그 힘든 경험들은, 자식이 성장하기 위해 꼭 필요한 것들이었다. 그런데 오히려 그 기회를 모두 빼앗아 버린 셈이었다.

그는 깨달았다.
자신에게 필요했던 것은, 자식들에게 더 많이 주는 능력이 아니었다.
'더 주고 싶어도 참을 수 있는' 마음의 힘이었다.
자식이 넘어져도 바로 일으켜 주지 않고, 스스로 일어날 때까지 지켜볼 수 있는 단호함이었다.

경계를 세우니 되살아난 진짜 가족

그가 자식들에게 경계를 분명히 하자, 가장 먼저 자신에게
변화가 생기기 시작했다.
굳어 있던 표정이 부드러워지고, 오랫동안 잃어버렸던 미
소도 잠깐씩 스쳐 지나갔다.
혼자서 책임지려 하지 않으니, 자식들도 아버지에게 죄책
감이 줄어들었다. 그러자 오히려 아버지에게 조금 더 편안
하게 다가갈 수 있었다.

석 달 정도 지났을 때, 그는 이렇게 말했다.
"예전에는 애들이 와도 무슨 말을 해야 할지 몰랐고, 늘 생
활비 지출이나 사업 자금에 대한 이야기를 하다가 결국엔
고함치며 끝났어요. 그런데 요즘은 이런저런 소소한 이야
기가 되니 별다른 내용이 없어도 좋습니다."

자식들도 "아버지가 예전보다 편해 보이세요."라고 말하
기 시작했다.

자식들 전화가 오면 '또 무슨 일인가' 긴장하던 그가, 이제
는 전화벨 소리에 담담해졌다.

도와달라는 말에 "안 된다"라고 할 수 있게 되었고, 그렇게
거절한 뒤에도 밤에 잠을 잘 수 있게 되었다.

평생 자식들 미래를 설계하느라 자신의 오늘을 돌보지 못
했던 그가, 이제는 오늘 아침 뭘 먹을지, 오늘 오후엔 뭘 할
지를 생각하기 시작했다.

아내와 경치 좋은 카페도 가 보고, 오랜만에 만난 친구에게
한정식에서 밥도 사 주고, 몸이 아프면 '이 정도는 참아야
지' 하지 않고 바로 병원에 가서 검사를 했다.

더 이상 애들 때문에 "지금 말고, 좀 더 있다가⋯."라며 내
욕구를 미루지 않게 되었다.

자식들을 위한 희생은 아름답게 보이지만, 때로는 부모 자
신의 삶을 삼켜 버린다.

노년의 행복은 자식이 만들어 주는 것이 아니다.

스스로 지키고 가꾸는 것이다.

이제는 자식의 인생이 아닌, 내 인생을 살아도 된다.
평생 누군가의 삶을 감당해 온 사람에게는, 이제 자신을 위한 시간이 필요하다.

그렇게 자기 삶을 돌보는 부모의 모습은, 자식들에게 오히려 더 건강하고 아름답게 보인다.

부모와 자식, 그림자를 품은 사랑

상담실에서 만나는 부모와 자식들이 공통으로 토로하는 이야기가 있다.

바로 가장 가까운 사람에게서 느끼는 묘한 수치심에 관한 것이다.

부모는 커가는 자식의 모습에서, 성인이 된 자식은 늙어가는 부모의 모습에서, 왜 우리는 때때로 얼굴을 붉히며 시선을 돌리게 될까?

겉으로는 체면의 문제처럼 보이지만, 그 안에는 더 깊은 의미가 있다.

심리학에서는 이를 '그림자'라 부른다.

우리가 마음속에 감추어 두었던 두려움과 약점이 타인의 모습에 비쳐 드러나는 것이다.

부모와 자식은 가장 가까운 관계이기에, 서로의 거울이 되어 이 '그림자'를 가장 적나라하게 보여 준다.

이는 마음 깊은 곳에서 일어나는 성장의 신호이자, 우리가 외면해 왔던 진실과 마주하라는 속삭임이다.

자식이 비추는 부모의 그림자

한 어르신이 걱정스럽게 말했다.

"우리 딸이 사람들 앞에서 과장해서 말하는 걸 보니, 가슴이 덜컥 내려앉았어요. 왜 저렇게 허세를 떠는지 속상하고 화가 나요."

그런데 상담에서 드러난 것은, 어머니 본인이 평소 자신을 그럴듯하게 포장해 왔다는 사실이었다.

말 속에는 늘 권력 있는 누구와 친하다는 식의 얘기가 들어
갔고, 누군가를 언급할 때면 '어느 대학을 나왔고 경제력은
얼마나 되는지'를 먼저 설명하곤 했다.

부모가 평소 인정하기 싫어하는 질투심, 억누르고 있던 분
노, 드러내고 싶지 않은 두려움….
아무도 모르게 꽁꽁 숨겨 놓은 이 감정들이 자식의 말투와
행동을 통해 거침없이 드러난다.

처음에는 당황스럽고 부끄럽다.
'도대체, 왜 저럴까?' 하며 자식을 탓하기도 한다.
하지만 이때가 바로, 솔직한 자신을 마주할 수 있는 기회다.

다른 어르신은 이렇게 회고했다.
"아들이 화를 참지 못하는 모습을 보는데, 처음에는 정말
겁이 나더라고요. 그런데 나중에야 깨달았죠.
내가 늘 억누르고 살았던 분노를 아들이 대신 표현하고 있
었다는 것을요. 아들을 보면서 내 속에 쌓인 화가 얼마나
많았는지 알게 됐어요.

그러다 보니 이렇게 상담도 받고 병원도 다니고…, 나도 바꿔려고 노력하게 됐네요."

그림자를 직면하는 일은 불편하지만, 동시에 치유의 문이 열리는 순간이기도 하다.
숨겨 둔 마음속 상처를 마주하게 되면, 부모가 자식을 대하는 마음도 달라진다. 더 이상 자식의 그 모습에서 수치심을 느끼지 않게 되고, 오히려 더 깊이 이해하며 품을 수 있게 된다.

부모가 보여 주는 자식의 미래

이제 반대의 상황을 살펴보자.
성인이 된 자식이 노년 부모의 모습에서 느끼는 묘한 수치심 말이다.

한 40대 딸이 상담을 요청했다.
"엄마가 치매 증상을 보이는데, 남들 앞에서 이상한 말을 하실 때마다 정말 당황스럽고 부끄러워요. 며칠 전에는 아파트 엘리베이터에서 이웃분께 뜬금없이 '당신 남편이 바람피운다고 그러던데….'라고 하셨어요. 내가 그 자리에서 얼굴이 빨갛게 달아오르더라고요."

그녀는 조심스럽게 말을 이었다.
"혹시라도 엄마 말처럼 그분의 남편이 진짜 바람이라도 피운다면, 얼마나 큰 상처를 받았겠어요?
사실은 엄마의 말에 내 가슴이 쿵 내려앉더라고요.
요즘 남편과 갈등이 심각하거든요. 남편이 늦게 들어오면 혹시나 하는 의심이 들고….
나는 완벽하게 보이려고 애쓰고 있는데, 엄마 때문에 흠이 드러날까 봐 불안해요."

노화는 누구도 피할 수 없는 길이다.
부모의 약해지는 모습은 곧 자식의 미래 모습이기도 하다.
그 속에는 우리가 젊을 때 숨겨 두었던 인간의 본성들이 있다.
의존하고 싶은 마음, 고집, 불안함, 흐려지는 기억….

부모의 노쇠함은 결국 자식이 자기 안에서 외면했던 연약함을 보여 주는 또 하나의 거울이다.

한 중년의 아들은 이렇게 말했다.
"치매에 걸린 아버지를 보며 처음에는 두렵기도 하고 화가 났어요. 그렇게 강하던 아버지가 왜 저렇게 되셨나 하며 현실을 받아들이기 어려웠죠.
그런데 나도 요즘 회사에서 실수가 잦아지고, 기억력이 예전만 못하더라고요.
중요한 회의에서 발표 내용을 깜빡할 때마다 '혹시 나도 아버지처럼…' 하는 두려움이 밀려와요. 아버지의 모습이 언젠가 내 모습일 수도 있다는 걸 받아들이게 됐죠."

노년 부모의 약해지는 모습을 통해, 우리는 인간 존재의 연약함을 배운다.
그리고 이 연약함이야말로 우리를 더욱 인간답게, 더욱 겸손하게 만드는 선물임을 깨닫게 된다.

수치심을 넘어 사랑으로

자식이 노부모의 변화된 모습을 받아들이기 시작하면, 자신 안의 숨겨진 부분도 함께 받아들이게 된다.

부모와 자식 사이에 일어나는 수치심은, 우리가 자신의 숨겨진 모습과 마주하라는 영혼의 부름이다.
내 안의 어두운 부분들을 인정하고 받아들일 때 우리는 통합적인 인간으로 나아가게 되고, 한 사람의 치유는 가족 전체로 퍼져 나간다.

한 어르신의 이야기로 이 글을 마무리하고 싶다.

"젊었을 때는 완벽한 어머니가 되려고 애썼어요. 아이가 남들 앞에서 실수할 때마다 얼마나 부끄러웠는지 몰라요. 내가 부족해서 아이를 잘 못 키웠다고 생각할까 봐 늘 주변 눈치를 많이 봤어요."

그녀는 미소를 지으며 말을 이었다.

"그런데 나이가 들고 보니, 그때 아이가 보여 준 부족한 모습들이 사실은 숨기고 싶은 내 모습이더라고요.
내 아이를 통해 진짜 내 모습을 알아가는 소중한 시간이었던 거죠."

"이제는 손자가 내 치매 증상을 부끄러워할 때가 있어요. 처음에는 섭섭했지만 이제는 이해해요. 나도 젊을 때는 부모님의 부족한 모습을 똑같이 부끄러워했으니까요.
하지만 언젠가는 손자도 알게 되겠죠. 변해 가는 할머니의 이런 모습도 사랑할 수 있다는 것을요. 그게 진짜 깊은 사랑이라는 것을요."

우리는 모두 불완전한 존재다.
그 불완전함 속에서 피어나는 연민과 사랑이야말로 우리를 진정으로 아름답게 만드는 것이다.

가족은 서로의 상처를 비추며, 함께 성숙해 가는 영적 공동체다.

부끄러움으로 시작한 이야기가, 결국 이해와 사랑으로 이어지는 길.
그것이 부모와 자식이 서로를 통해 버우는 가장 소중한 지혜다.

눈치로 살던 인생에서, 이제는 나로 산다

얼마 후, 그 어르신이 다시 상담실을 찾아오셨다.

"집에 가서 아내한테 물어봤어요. '오늘 기분이 어땠소.' 그 랬더니 아내가 나를 빤히 보더군요."

그는 웃는 듯 말했지만, 눈길은 책상 위를 향했다.

"그런 말… 내가 평생 안 했거든요. 묻는 것도, 듣는 것도 어색해서."

한참 후에 그가 덧붙였다.
"내 기분이 어땠는지도 모르겠어요. 그냥… 살았지요. 그 런데 요즘은 말 한마디는 하려고 해요. 서운하면 서운하다,

좋으면 좋다. 어색하더라도요."

그는 잠시 생각하더니 조용히 말했다.
"이상하죠. 별말 아닌데, 마음이 좀 풀리더라고요."

오랜 세월 동안 우리는 '눈치'로 살아왔다.

남의 표정을 읽고, 말의 온도를 가늠하며, 불편함을 삼키는
법을 배워야 했다.
그게 예의였고, 생존이었고, 사랑의 방식이었다.

그 눈치는 단순한 습관이 아니라, 살아남기 위한 기술이
었다.
서로의 마음을 헤아리며 상처 주지 않으려 애쓰던 그 감각
은, 척박한 시대를 버텨 내게 한 가장 따뜻한 감각이었다.

그래서 그 삶은 헛되지 않았다.
당신의 그 조심스러움, 그 인내, 그 책임감이 누군가의 하
루를 지탱했다.

가족을 지켰고, 자식을 키웠고, 공동체를 일궈 냈다. 그것만으로 이미 충분히 귀한 삶이었다.

하지만 이제 시대가 달라졌다.
그 눈치와 착함이 서로를 지켜 주던 시절은 지나갔다.
지나친 배려는 나를 지우는 습관이 되었고, 침묵은 관계를 지키기보다 나를 무너뜨리기 시작했다.

과도한 눈치와 과도한 착함이,
이제는 오히려 서로에게 '독'이 되고 있다.

한 어르신은 이렇게 말씀하셨다.
"나는 이제 '좋은 사람'이 되려고 애쓰지 않아요. 그냥 편하게 살아요. 가끔 짜증도 나고, 화도 내고, 안 하고 싶으면 안 해요. 그랬더니 오히려 아들이 곁으로 오더라고요."

그렇다. 우리는 좋은 사람이 되려다가, 정작 나를 잃어버렸던 것인지도 모른다.
어른도 사람이다. 부모도 사람이다.

화도 나고, 슬프기도 하고, 힘들기도 한 그냥 사람.

이제는 바뀌어야 한다.
'눈치'로 버티던 인생에서, 나로 사는 인생으로.

더 이상 나를 비난하지 않아도 된다.
누군가의 기대에 맞추지 않아도 된다.
감정을 느끼고 표현하는 일, 나의 경계를 세우는 일.
그건 이기적인 게 아니라 나답게 사는 첫걸음이다.

"나도 싫을 때가 있다."
"나는 이 말이 불편하다."
"나는 이렇게 살고 싶다."

이 단순한 문장이 나를 다시 삶의 중심으로 데려온다.
그 순간부터 인생은 남의 눈이 아니라, 나의 방향으로 흐르기 시작한다.

변화는 극적일 필요가 없다.

오늘 하나, 내일 하나, 작은 용기를 내는 것.
그것만으로도 충분하다.

이제는 자신의 경계선을 확실하게 정하자.

어디까지가 내 일이고, 어디서부터가 상대의 일인지.
내가 책임질 것과 상대가 책임질 것을 나누자.

이제는 적당히 눈치 있는 센스를 가지자.

과도한 눈치가 아니라, 상대를 배려하되 나를 잃지 않는 센스. 희생이 아니라, 서로 존중하는 관계.

그렇게 남은 인생을 재밌게, 속 시원하게 살아가자!

착하게 사느라 희생한 시간이 쓸모없지 않듯,
이제는 솔직하게 사는 당신의 시간도 소중하다.

그동안 쌓아 온 성실과 따뜻함 위에,

이제는 당신의 경계와 주체성이 함께 서야 한다.
그래야 관계도 건강해지고, 마음도 자유로워진다.

"내 인생인데, 왜 눈치만 보고 살았을까?"

그 질문의 답은 어쩌면 아주 단순하다.

그땐 남을 위해 자신을 미뤄야 했지만,
지금은 당신을 위해 삶을 다시 펼쳐도 되니까.

당신의 남은 인생은 누구의 기대가 아니라,
당신이 원하는 삶으로 살아가기를 바란다.

이제 삶은 다시 봄을 맞을 것이다.
그것이 바로, 새롭게 시작될 진짜 '두 번째 봄날'이다.